용사 야노시
János Vitéz

알마 이미지극장
Imago Theatrum
이미지로 쌓아올린 미지의 세계

Petőfi Sándor
János Vitéz
200

알마 이미지극장
Imago Theatrum
이미지로 쌓아올린 미지의 세계

용사 야노시
János Vitéz

〰〰〰〰〰〰〰〰〰〰〰〰〰〰〰〰〰〰〰〰〰〰〰〰〰〰〰〰〰〰

페퇴피 샨도르
Petőfi Sándor

〰〰〰〰〰〰〰〰〰〰〰〰〰〰〰〰〰〰〰〰〰〰〰〰〰〰〰〰〰〰

처코 페렌츠Cakó Ferenc 그림

한경민 옮김

차례

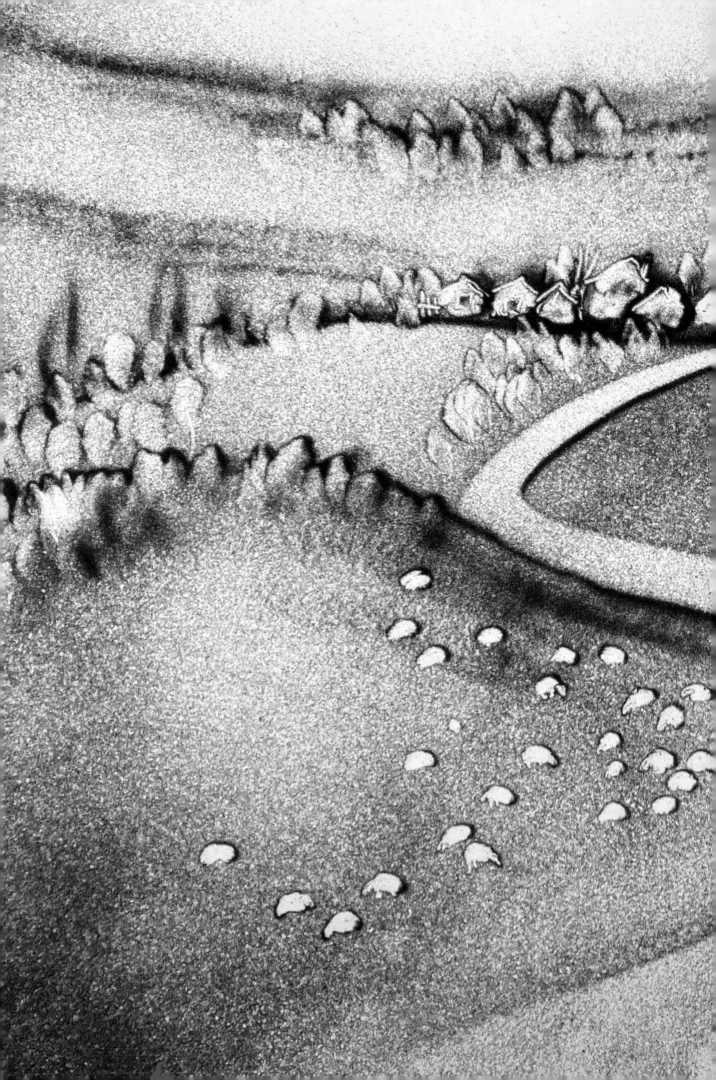

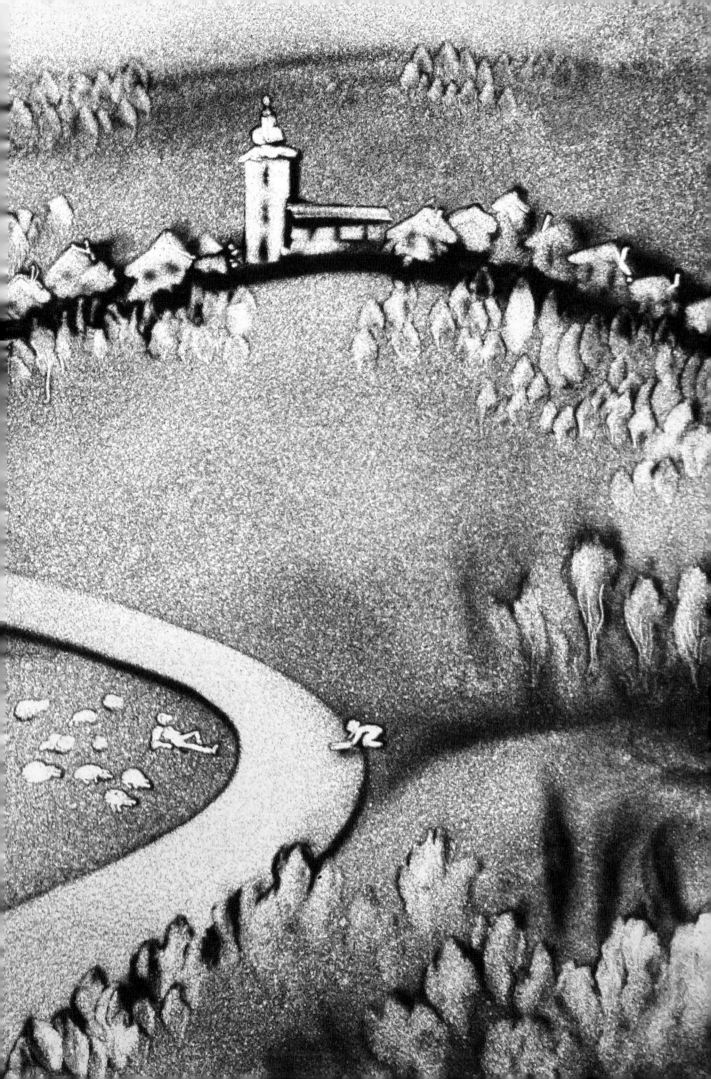

1
•

저 높은 하늘에서 이글거리는 여름 햇살이
양치기의 지팡이 위로 쏟아져내리네.
그토록 강렬하게 내리쬘 필요는 없는데,
이미 그의 마음 사랑의 열기로 뜨거우니.

젊은이의 마음속에서 사랑의 불길이 활활 타오르고 있었고,
그는 불타는 마음으로 마을 어귀에서 양떼를 치고 있었어.
어느새 양떼가 뿔뿔이 흩어졌지만,
양치기는 풀밭에 깔아놓은 털외투 위에 앉아 있기만 했어.

주위에 어여쁜 꽃들의 바다가 펼쳐져 있었지만,
양치기는 거들떠보지도 않았어.
돌을 던지면 닿을 거리에서 흐르는 시냇물만,
그곳만 멍하니 바라보고 있었어.

시냇물 위 반짝이는 물방울을 보고 있던 게 아니야,
시냇물 속 금발 소녀를 보고 있었지.
그녀의 아름다운 모습과
길고 부드러운 머리와 둥근 가슴을.

소녀는 치마를 무릎까지 걷어올린 채,
맑은 시냇물에서 빨래를 하고 있었지.
물 위로 드러난 아름다운 다리에
쿠코리처 연치는 감탄했어.

풀 위에 앉아 있는 양치기는 바로
쿠코리처 연치, 그가 아니면 누구겠어?

1
·

Tüzesen süt le a nyári nap sugára
Az ég tetejéről a juhászbojtárra.
Fölösleges dolog sütnie oly nagyon,
A juhásznak úgyis nagy melege vagyon.

Szerelem tüze ég fiatal szivében,
Ugy legelteti a nyájt a faluvégen.
Faluvégen nyája mig szerte legelész,
Ő addig subáján a fűben heverész.

Tenger virág nyílik tarkán körülötte,
De ő a virágra szemét nem vetette;
Egy kőhajtásnyira foly tőle a patak,
Bámuló szemei odatapadtanak.

De nem ám a patak csillámló habjára,
Hanem a patakban egy szőke kislyányra,
A szőke kislyánynak karcsu termetére,
Szép hosszú hajára, gömbölyű keblére.

Kisleány szoknyája térdig föl van hajtva,
Mivelhogy ruhákat mos a fris patakba';
Kilátszik a vízből két szép térdecskéje
Kukoricza Jancsi gyönyörűségére.

Mert a pázsit fölött heverésző juhász
Kukoricza Jancsi, ki is lehetne más?

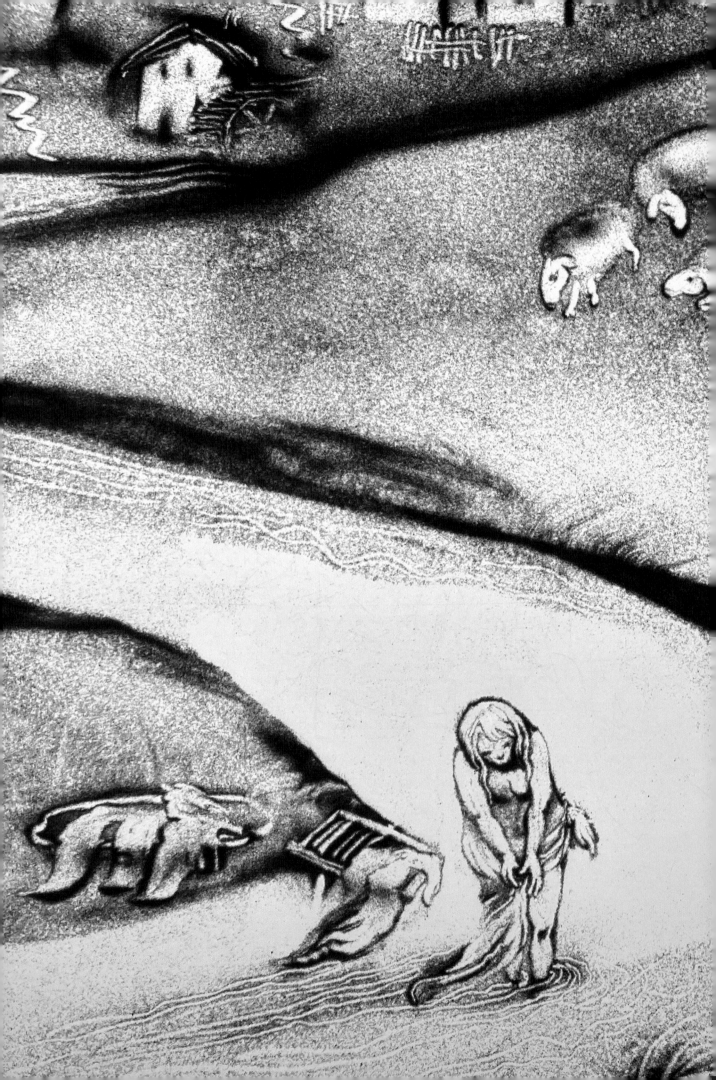

시냇물에서 빨래하는 소녀는
연치가 흠모하는 일루시커였지.

"내 마음의 보물, 내 사랑 일루시커!"
쿠코리처 연치가 말했어.
"여길 봐, 너는
내 인생의 행복, 그 자체야.

너의 까만 눈망울로 나를 바라봐.
너를 안을 수 있게 시냇물에서 나와봐,
아주 잠깐만 나와봐,
사랑스러운 빨간 입술에 입 맞추게!"

"내 사랑 연치, 그럴 수 있으면 얼마나 좋을까,
이렇게 빨래를 안 해도 된다면.
하지만 나는 정말 바빠, 게으름을 피웠다가는
새어머니에게 엄청 혼날 거야."

아름다운 금발의 일루시커는 이렇게 말하고,
더욱더 열심히 빨래를 했어.
그러자 양치기가 털외투 위에서 일어나,
그녀 곁으로 다가가서는 이렇게 유혹했어.

"나의 사랑, 이리 나와! 나의 희망, 이리 나와!
얼른 한 번만 안아보고 입 맞출게.
너의 새어머니는 근처에 없잖아,
제발, 너의 연인이 죽게 내버려두지 마."

그는 달콤한 말로 소녀를 꾀어냈어.
두 손으로 소녀의 허리를 끌어안고,

Ki pedig a vízben a ruhát tisztázza,
Iluska az, Jancsi szivének gyöngyháza.

"Szivemnek gyöngyháza, lelkem Iluskája!"
Kukoricza Jancsi így szólott hozzája:
"Pillants ide, hiszen ezen a világon
Csak te vagy énnekem minden mulatságom.

Vesd reám sugarát kökényszemeidnek,
Gyere ki a vízből, hadd öleljelek meg;
Gyere ki a partra csak egy pillanatra,
Rácsókolom lelkem piros ajakadra!"

"Tudod, Jancsi szivem, örömest kimennék,
Ha a mosással oly igen nem sietnék;
Sietek, mert másképp velem rosszul bánnak,
Mostoha gyermeke vagyok én anyámnak."

Ezeket mondotta szőke szép Iluska,
S a ruhákat egyre nagy serényen mosta.
De a juhászbojtár fölkel subájáról,
Közelebb megy hozzá, s csalogatva így szól:

"Gyere ki, galambom! gyere ki, gerlicém!
A csókot, ölelést mindjárt elvégzem én;
Aztán a mostohád sincs itt a közelben,
Ne hagyd, hogy szeretőd halálra epedjen."

Kicsalta a leányt édes beszédével,
Átfogta derekát mind a két kezével,

입을 맞췄지. 한 번도 아니고 백 번도 아니었어.

몇 번이나 입 맞추었는지는, 신만이 아시겠지.

2
·

그러는 동안 시간은 빠르게 지나갔고,

시냇물 위 물방울은 저녁놀에 빨갛게 물들었어.

일루시커의 성질 고약한 새어머니는 씩씩대고 있었지.

대체 그 계집애는 어디에 있길래, 이렇게 안 오는 거지?

늙고 심술궂은 새어머니는 생각했어.

그 생각은 바로 이런 말로 튀어나왔고.

(기분 좋을 때 튀어나오는 말은 아니었어.)

"뭘 하고 있을까? 가서 확인해야지. 빈둥거리고 있으면, 혼내줘야지!"

어쩌나 가련한 일루시커, 고아 소녀!

네 등 뒤에 잔뜩 화가 난 마녀가 서 있어.

새어머니는 큰 입을 벌리면서 숨을 훅 들이마셨어.

그리고 사랑의 단꿈에 잠겨 있던 두 연인에게 소리 질렀어.

"이런 뻔뻔한 것들! 부끄러움을 모르는 것들!

세상 사람들의 손가락질이 두렵지 않느냐?

시간을 헛되이 보내고 있다니, 하늘 무서운 줄 모르는구나…

이러고 있는 걸 아시면… 바로 목숨을 앗아가실걸."

"그만하세요, 어머님, 제 말 들으셨나요?

그만하세요, 아니면 제가 입을 막아버릴 거예요.

일루시*에게 한마디만 더 나쁜 말을 하면,

그나마 남아 있는 이빨을 모두 뽑아버릴 거예요."

Megcsókolta száját nem egyszer sem százszor,
Ki mindeneket tud: az tudja csak, hányszor.

2
.

Az idő aközben haladott sietve,
A patak habjain piroslott az este.
Dúlt-fúlt Iluskának gonosz mostohája;
Hol marad, hol lehet oly soká leánya?

A rosz vén mostoha ekképp gondolkodott;
Követték ezek a szók a gondolatot:
(S nem mondhatni, hogy jókedvvel ejtette ki.)
"Megnézem, mit csinál? ha henyél: jaj neki!"

Jaj neked Iluska, szegény árva kislyány!
Hátad mögött van már a dühös boszorkány;
Nagy szája megnyílik, tüdeje kitágul,
S ily módon riaszt föl szerelem álmábul:

"Becstelen teremtés! gyalázatos pára!
Ilyet mersz te tenni világnak csúfjára?
Lopod a napot, és istentelenkedel...
Nézze meg az ember... hogy tüstént vigyen el –"

"Hanem most már elég, hallja-e kend, anyjuk?
Fogja be a száját, vagy majd betapasztjuk.
Ugy merje kend Ilust egy szóval bántani,
Hogy kihullanak még meglevő fogai."

덜덜 떠는 연인을 지키기 위해
용감한 양치기가 소리 질렀어.
그러고는 성난 눈빛으로 무섭게 쏘아보며
마지막으로 한마디를 덧붙였지.

"그만두지 않으면, 집을 불태워버리겠어요,
이 가엾은 사람을 괴롭히지 못하게.
이 사람은 뼈 빠지게 일만 하는데,
당신은 고작 말라비틀어진 빵만 던져주죠.

일루시커 어서 일어나. 너도 말을 해.
이 인간이 괴롭히면, 힘들다고 말해.
그리고 당신, 우리 일에 끼어들지 말아요.
당신 마음보는 삼베보다 더 거칠어요."

쿠코리처 연치는 털외투를 집어 들고,
비틀거리며 양떼를 찾아나섰어.
양떼가 뿔뿔이 흩어져 한두 마리씩 드문드문
보이는 걸 뒤늦게 알아차리고 깜짝 놀랐어.

3
.

이미 해는 지고 땅거미가 깔렸건만,
연치가 찾은 양떼는 겨우 절반뿐,
남은 반은 어디로 갔는지 알 수 없었어.
도둑이 훔쳐간 걸까, 아니면 늑대가 물어갔을까?

어디로 갔든, 거기 있기만 하다면 얼마나 좋을까?
그는 탄식하며 사방을 찾아봤지만, 소용없었어.

Reszkető kedvese védelmezésére
Ekkép fakadt ki a nyáj bátor őrzője;
Azután haragos szemmel fenyegetve
Az elmondottakhoz e szavakat tette:

"Ha nem akarja, hogy felgyujtsam a házát,
Meg ne illesse kend ezt a szegény árvát.
Úgyis töri magát, dolgozik eleget,
És mégsem kap száraz kenyérnél egyebet.

Most eredj Iluskám. Megvan még a nyelved,
Hogy elpanaszold, ha roszúl bánik veled. –
S kend ne akadjon fönn azon, mit más csinál,
Hisz kend sem volt jobb a deákné vásznánál."

Kukoricza Jancsi fölkapta subáját,
S sebes lépésekkel ment keresni nyáját,
Nagy megszeppenéssel most vette csak észre,
Hogy imitt-amott van egy-kettő belőle.

3
•

A nap akkor már a földet érintette,
Mikor Jancsi a nyájt félig összeszedte;
Nem tudja, hol lehet annak másik fele:
Tolvaj-e vagy farkas, ami elment vele?

Akárhová lett az, csakhogy már odavan;
Búsulás, keresés, minden haszontalan.

이제 어떡하지? 고민 끝에 연치는
남은 양떼를 몰고 집으로 향했지.

'연치, 찾을 수 있어… 나중에 찾을 수 있을 거야!'
슬픈 마음으로 발걸음을 재촉하며 그는 생각했어.
'우리 주인어른의 운도 나쁘군.
어쨌든… 하느님이 바라시는 대로 되겠지.'

그는 이외에 다른 생각은 할 수 없었지.
그리고 양떼와 함께 주인집 대문 앞에 이르렀어.
대문 앞에는 성미 급한 주인이 서 있었어,
늘 그랬듯 양의 수를 세려고 기다리고 있었지.

"주인님, 양을 셀 필요가 없다는 말씀을 올립니다!
양이 많이 모자라는 걸 어찌 감추겠습니까?
죄송하고 또 죄송합니다, 허나 이미 어쩔 수 없는 일이 되었습니다."
쿠코리처 연치가 말했어.

이 말을 듣고 주인이 말했어,
콧수염을 잡고 둥글게 비비 꼬면서.
"연치야 무슨 바보 같은 말이냐, 내가 그런 농담 싫어하는 걸 모르느냐.
내 화를 돋구지 않는 것이 좋을 텐데."

하지만 연치의 말이 농담이 아니라는 게 밝혀지자,
주인은 거의 이성을 잃었지.
야수가 울부짖듯, 고래고래 소리를 질렀어.
"쇠스랑, 쇠스랑을 가져와!… 저놈을 찔러버릴 테다!

아이고, 이 도적놈아, 아이고, 목을 매달아 마땅할 놈아!
까마귀가 네 두 눈을 파먹게 할 테다!…

Most hát mihez fogjon? nekiszánva magát,
Hazafelé hajtja a megmaradt falkát.

"Majd lesz neked Jancsi... no hiszen lesz neked!"
Szomorún kullogva gondolta ezeket,
"Gazduramnak ugyis rossz a csillagzatja,
Hát még... de legyen meg isten akaratja."

Ezt gondolta, többet nem is gondolhatott;
Mert ekkor a nyájjal elérte a kaput.
Kapu előtt állt az indulatos gazda,
Szokás szerint a nyájt olvasni akarta.

"Sose olvassa biz azt kelmed, gazduram!
Mi tagadás benne? igen nagy híja van;
Szánom, bánom, de már nem tehetek róla,"
Kukoricza Jancsi e szavakat szólta.

Gazdája meg ezt a feleletet adta,
S megkapta bajszát, és egyet pödrött rajta:
"Ne bolondozz Jancsi, a tréfát nem értem;
Amíg jól van dolgod, föl ne gerjeszd mérgem."

Kisült, hogy korántsem tréfaság a beszéd,
Jancsi gazdájának majd elvette eszét;
Jancsi gazdája bőg, mint aki megbőszült:
"Vasvillát, vasvillát!... hadd szúrjam keresztül!

Jaj, a zsivány! jaj, az akasztani való!
Hogy ássa ki mind a két szemét a holló!...

이러라고 내가 너를 거둔 줄 알아? 이러라고 너를 먹인 줄 알아?
너를 기필코 형리의 목줄에 매달아야겠다.

내 앞에서 꺼져, 다시는 내 눈앞에 나타나지 마!"
연치의 주인은 이렇게 욕을 퍼부었어.
그러다 갑자기 막대기를 잡아채 들고는,
연치를 향해 달려왔지.

쿠코리처 연치는 주인을 피해 뛰쳐나왔어,
겁나서 그런 것은 아니었어.
아직 스무 살이 되지 않았지만, 연치는 건장한 청년이었고,
장정 스무 명을 합친 만큼 힘이 셌거든.

그가 도망친 건 자신도 잘 알았기 때문이야,
주인이 그렇게 화내는 게 당연하다는 걸.
행여 매질을 당한다 해도, 감히 어떻게
아버지 같은 사람에게, 자신을 키워준 주인에게 대들 수 있겠어?

연치는 주인이 숨이 차 따라오지 못할 때까지 뛰었어.
그리고 걷다가 멈추었다가, 다시 걸었어.
오른쪽으로 걷다 왼쪽으로 걸었어. 무엇을 어떻게 해야 하지?
그는 알 수 없었어, 머릿속이 너무 복잡했거든.

4
·

거울처럼 맑은 시냇물 속에
수천 개의 별이 반짝이고 있었지.
연치는 일루시커네 마당에 와 있었어.
자신도 어떻게 여기에 왔는지 알지 못했어.

Ezért tartottalak? ezért etettelek?
Sohase kerüld ki a hóhérkötelet.

Elpusztulj előlem, többé ne lássalak!"
Jancsi gazdájából így dőltek a szavak;
Fölkapott hirtelen egy petrencés rudat,
A petrencés rúddal Jancsi után szaladt.

Kukoricza Jancsi elfutott előle,
De koránsem azért, mintha talán félne,
Markos gyerek volt ő, husz legényen kitett,
Noha nem érte meg még husszor a telet.

Csak azért futott, mert világosan látta,
Hogy méltán haragszik oly nagyon gazdája;
S ha ütlegre kerül a dolog, azt verje,
Ki félig apja volt, ki őt fölnevelte?

Futott, míg a szuszból gazdája kifogyott;
Azután ballagott, megállt, meg ballagott
Jobbra is, balra is; s mindevvel mit akar?
Nem tudta, mert nagy volt fejében a zavar.

4
.

Mikorra a patak vize tükörré lett,
Melybe ezer csillag ragyogása nézett:
Jancsi Iluskáék kertje alatt vala;
Maga sem tudta, hogy mikép jutott oda.

그는 걸음을 멈추고, 아끼는 피리를 꺼내어
아주 슬픈 가락을 연주하기 시작했어.
그때 이슬이 내려 풀과 덤불을 적셨어.
마음 아파하는 별들의 눈물 같았지.

일루시커는 현관 앞에서 잠들어 있었어.
여름철이면 그곳에서 자곤 했거든.
곤히 자던 그녀는 익숙한 가락에
깨어나 연치를 만나러 뛰어 내려왔어.

연치의 모습을 보고도 그녀는 기뻐할 수 없었어.
겁이 나고 두려워 이렇게 말했어.
"내 사랑 연치, 무슨 일이야?
왜 그렇게 쓸쓸한 가을밤 기우는 달처럼 창백한 거야?"

"오, 일루시커! 어떻게 창백하지 않을 수 있겠어,
예쁜 네 얼굴을 마지막으로 보는 것일 수도 있는데…"
"연치, 너무 무서워.
그런 말 하지 말고 하늘에 맡기자!"

"마지막으로 너를 보러 왔어, 내게 따뜻했던 단 한 사람!
마지막으로 이곳에서 피리가 그 고통을 노래하게 할게.
마지막으로 너를 안고, 마지막으로 입 맞출게.
너를 여기 두고, 나는 영원히 떠나가!"

가련한 젊은이는 이야기를 전부 털어놓았어.
고개를 떨군 그는 흐느끼는 연인의 가슴 위에
머리를 살짝 얹었고, 포옹한 다음 고개를 돌렸어.
흐르는 눈물을 소녀가 보지 못하게.

Megállt, elővette kedves furulyáját,
Kezdte rajta fújni legbúsabb nótáját;
A harmat, mely ekkor ellepett füt, bokort,
Tán a szánakozó csillagok könnye volt.

Iluska már aludt. A pitvar eleje
Volt nyár idejében rendes fekvőhelye.
Fekvőhelyéről a jól ismert nótára
Fölkelt, lesietett Jancsi látására.

Jancsinak látása nem esett kedvére,
Mert megijedt tőle, s ily szót csalt nyelvére:
"Jancsi lelkem, mi lelt? mért vagy oly halovány,
Mint az elfogyó hold bús őszi éjszakán?"

"Hej, Iluskám! hogyne volnék én halovány,
Mikor szép orcádat utószor látom tán..."
"Jancsikám, látásod ugyis megrémített:
Hagyd el az istenért az ilyen beszédet!"

"Utószor látlak én, szivem szép tavasza!
Utószor szólt itten furulyám panasza;
Utószor ölellek, utószor csókollak,
Örökre elmegyek, örökre itt hagylak!"

Most a boldogtalan mindent elbeszéle,
Ráborúlt zokogó kedvese keblére,
Ráborúlt, ölelte, de képpel elfordult:
Ne lássa a leány, hogy könnye kicsordult.

"아, 아름다운 일루시커! 내 사랑!
하느님이 너를 보호해주시길. 가끔 나를 생각해줘.
바람에 휘날리는 가시 돋은 마른 풀을 보면,
이리저리 떠도는 너의 사랑을 기억해줘."

"그래, 내 사랑 연치, 가야 한다면 떠나!
네가 어딜 가든 하느님이 함께하실 거야.
가다가 길 가운데 꽃이 꺾여 떨어진 게 보이면,
내가 그렇게 시들어가고 있다고 생각해."

나무에서 잎이 떨어지듯, 두 사람은 서로에게서 떨어졌어.
그들의 가슴은 쓸쓸하고 차디찬 겨울 같았지.
일루시커가 하염없이 눈물을 흘리자,
연치가 셔츠 소매로 닦아주었어.

그는 떠났어. 어디가 길인지 주변을 살피지도 않았지.
어디가 됐든, 그에게는 상관없었어.
양치기 소년들이 그의 옆에서 피리를 불고,
소의 워낭 소리가 울려도… 알아차리지 못했어.

마을은 이미 등 뒤로 멀어졌고,
양치기 소년들의 모닥불도 보이지 않았어.
마지막으로 걸음을 멈추고 돌아보자,
검은 도깨비 같은 탑이 그를 바라보았지.

이때 누군가 그의 옆에 있었다면,
땅이 꺼질 듯한 한숨 소리를 들었을 거야.
두루미들이 창공을 가로지르며
높이 날아갔어, 그의 한숨 소리를 외면하고.

"Most hát, szép Iluskám! Most hát, édes rózsám!
Az isten áldjon meg, gondolj néha reám.
Ha látsz száraz kórót szélvésztől kergetve,
Bujdosó szeretőd jusson majd eszedbe."

"Most hát, Jancsi lelkem, eredj, ha menned kell!
A jóisten legyen minden lépéseddel.
Ha látsz tört virágot útközepre vetve,
Hervadó szeretőd jusson majd eszedbe."

Elváltak egymástól, mint ágtól a levél;
Mindkettejök szive lett puszta, hideg tél.
Könnyeit Iluska hullatta nagy számmal,
Jancsi letörölte inge bő ujjával.

Indult; nem nézte egy szemmel sem, hol az ut?
Neki úgyis mindegy volt, akárhova jut.
Fütyörésztek pásztorgyermekek mellette,
Kolompolt a gulya... ő észre sem vette.

A falu messzire volt már háta megett,
Nem látta lobogni a pásztortüzeket;
Mikor utójára megállt s visszanézett,
A torony bámult rá, mint sötét kisértet.

Ha ekkor mellette lett volna valaki,
Hallotta volna őt nagyot sóhajtani;
A levegőeget daruk hasították,
Magasan röpültek, azok sem hallották.

그는 걸었어, 걷고 또 걸었어.

고요한 밤에 무거운 털외투가 목에 스치는 소리만 들렸지.

그는 외투 때문에 발걸음이 무겁다고 생각했지만,

가여운 젊은이 마음이 복잡해 그리 무거웠지.

5
·

해가 뜨면서, 달이 떠나갔어.

주위에는 바다 같은 황무지가 있었지.

해가 떴다가 질 때까지

평원은 끝없이 이어지고 있었지.

그곳에는 꽃도 나무도, 덤불도 없었고,

드문드문 나 있는 풀에 매달린 이슬만이 별처럼 반짝였어.

아침 첫 햇살이 비스듬히 비추면서

갈대로 둘러싸인 호수가 붉게 물들었어.

호수 한구석의 갈대숲 가운데에서

목이 긴 왜가리가 먹이를 찾고 있었어.

호수 한가운데에서 물새들이 빠르게

긴 날개를 퍼덕이며 위아래로 날아다녔어.

연치는 정처 없이 걸었고 어두운 그림자만이 그를 뒤따랐지.

그의 머릿속은 무거운 근심 걱정으로 가득했어.

태양이 황무지 곳곳을 비추고 있지만

그의 가슴속은 어둡고 캄캄한 밤이었어.

해가 하늘 꼭대기에 다다랐을 때,

이런 생각이 떠올랐어. 무언가 먹어야 한다고.

Ballagott, ballagott a halk éjszakában,

Csak nehéz subája suhogott nyakában;

Ő ugyan subáját gondolta nehéznek,

Pedig a szive volt oly nehéz szegénynek.

5

.

Mikor a nap fölkelt, s a holdat elküldte,

A puszta, mint tenger, feküdt körülötte;

A nap fölkeltétől a nap enyésztéig

Egyenes rónaság nyujtózkodott végig.

Nem volt virág, nem volt fa, nem volt bokor ott,

A harmat apró gyér füveken csillogott;

Oldalvást a napnak első sugarára

Fölpiroslott egy tó; környékezte káka.

A tónak szélénél a káka közepett

Egy hosszú nyakú gém eledelt keresett,

És a tó közepén gyors halászmadarak

Hosszú szárnyaikkal le s föl szállongtanak.

Jancsi csak ballagott sötét árnyékával

S elméjének sötét gondolkozásával;

Az egész pusztában széjjel sütött a nap,

De az ő szivében éjek éje maradt.

Mikor a nap elért az ég tetejére,

Eszébe jutott, hogy falatozni kéne,

어제 이맘때 이후로 아무것도 먹지 못해,
그는 더 이상 발걸음을 내딛을 수 없었어.

연치는 털썩 주저앉아, 조금 남아 있던
베이컨을 가방에서 꺼내어 먹었어.
푸른 하늘, 빛나는 태양이 그를 쳐다보았지…
그 아래에서는 신기루가 빛나는 눈으로 그를 쳐다보았어.

소박한 점심은 맛있었고,
목이 말랐던 그는 호수로 가까이 갔어.
모자챙을 둥글게 말아 물을 떠
타는 듯한 목마름을 식혔지.

그리고 호숫가를 떠나 얼마 가지 않았을 때,
졸음을 이기지 못하고 그의 두 눈이 스르르 감겼어.
그는 낮은 흙무더기 위에 머리를 누였지,
사라져버린 힘을 다시 얻기 위하여.

꿈속에서 그는 떠나온 고향으로 돌아가,
일루시커의 푸근하고 다정한 팔에 안겼어.
소녀에게 입을 맞추려 할 때,
요란한 천둥소리에 꿈에서 깨어났어.

그는 이리저리 평원을 둘러보았어.
하늘은 먹구름으로 가득했지.
갑작스레 천둥이 요란하게 치더니 비가 퍼붓기 시작했어,
연치에게 몰아친 슬픈 운명처럼.

온 세상이 시커메졌어.
하늘은 무섭게 으르렁거리고, 번개가 번쩍였지.

Tennap ilyen tájban evett utójára,
Meg alig is bírta már lankadó lába.

Letelepült, elővette tarisznyáját,
Megette maradék kevés szalonnáját.
Nézte őt a kék ég, a fényes nap... alább
Ragyogó szemével a tündér délibáb.

A kis ebéd neki jóízűen esett,
Megszomjazott rá, a tóhoz közeledett,
Kalapjának belemártá karimáját,
Ekkép enyhítette égő szomjuságát.

A tónak partjáról nem távozott messze:
Az álom szemének pilláját ellepte;
Vakondokturásra bocsátotta fejét,
Hogy visszanyerhesse elfogyott erejét.

Az álom őt odavitte, ahonnan jött,
Iluskája pihent hű karjai között,
Mikor a kisleányt csókolni akarta,
Hatalmas mennydörgés álmát elzavarta.

Szétnézett a puszta hosszában, széltében;
Nagy égiháború volt keletkezőben.
Oly hamar támadott az égiháború,
Mily hamar Jancsinak sorsa lett szomorú.

A világ sötétbe öltözködött vala,
Szörnyen zengett az ég, hullt az istennyila;

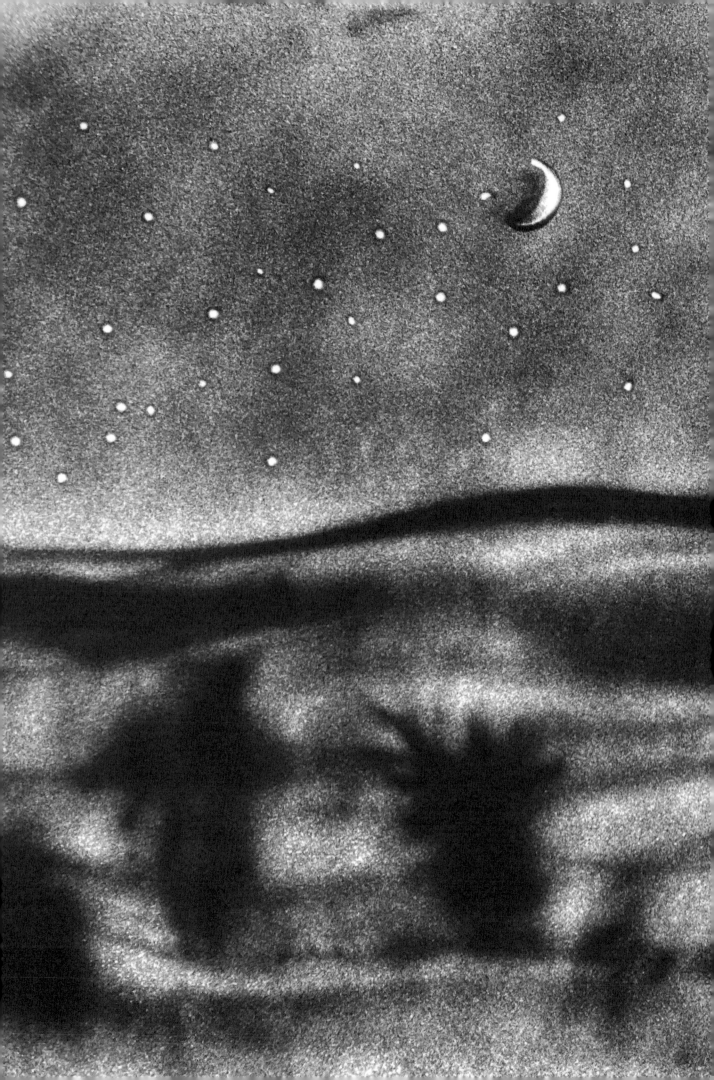

마침내 구름의 배수로가 열리고,
호수는 물거품을 꾸역꾸역 토해냈어.

연치는 긴 지팡이에 몸을 기대고,
모자챙을 아래로 내렸어.
그리고 긴 털외투를 뒤집어 입었어,
거친 폭우가 쏟아질 테니까.

그러나 폭우는 갑자기 시작되었듯,
순식간에 그쳤어.
구름은 미풍의 날개 위에 앉아 움직이기 시작했고,
동쪽 하늘에는 영롱한 무지개가 빛났어.

연치는 털외투의 물기를 털어냈고,
다시 길을 떠났지.
태양은 잠자리에 들어 쉴 준비를 하는데,
쿠코리처 연치는 계속 걸었어.

두 다리는 연치를 숲속으로 이끌어갔어,
빽빽하고 푸른 숲의 어두움 한가운데로.
쓰러진 동물의 눈을 파먹던 까마귀가
깍깍 소리를 내며 그를 맞이했지.

숲도, 까마귀도 그를 괴롭히지 않았고,
쿠코리처 연치는 자기 길을 갔지.
숲 한가운데에 난 어두운 오솔길을
노란 달빛이 밝혀주고 있었어.

Végtére megnyílt a felhők csatornája,
S a tó vize sűrű buborékot hánya.

Jó hosszú botjára Jancsi támaszkodott,
Lekonyította a karimás kalapot,
Nagyszőrű subáját meg kifordította,
Úgy tekintett bele a vad zivatarba.

De a vihar ami hamar keletkezett,
Oly hamar is hagyta el megint az eget.
Megindult a felhő könnyü szélnek szárnyán,
Ragyogott keleten a tarka szivárvány.

Subájáról Jancsi lerázta a vizet,
Miután lerázta, ujra utnak eredt.
Mikor a nap leszállt pihenni ágyába,
Kukoricza Jancsit még vitte két lába.

Vitte őt két lába erdő közepébe,
Sűrű zöld erdőnek sötét közepébe;
Ott őt köszöntötte holló károgása,
Mely épen egy esett vadnak szemét ásta.

Sem erdő, sem holló őt nem háborgatván,
Kukoricza Jancsi ment a maga utján;
Erdő közepében sötét ösvényére
Leküldte világát a hold sárga fénye.

6

·

어느덧 시간은 흘러 한밤중이 되었어.
그때 반짝이는 불빛 하나가 연치의 눈에 들어왔어.
가까이 가보니, 깊은 숲속
한 오두막 창문에서 흘러나오는 불빛이었어.

연치는 생각했지.
'오래된 주막에서 밝힌 불이겠지.
분명 그럴 거야―하느님 찬미받으소서!
이곳에서 밤을 보내며 쉬어야지.'

연치의 생각은 착각이었어. 그건 주막이 아니라,
열두 명의 도적이 사는 오두막이었지.
게다가 비어 있기는커녕 그 안에
도적 열두 명이 모두 있었어.

한밤중에 도적을 만났는데 쇠갈퀴에 총까지…
잘 생각해봐, 결코 웃어넘길 일이 아니라고.
하지만 우리의 연치는 겁내지 않고
용감하게 도적 무리 속으로 걸어 들어갔어.

"행운으로 가득한 즐거운 저녁이 되시길!"
연치는 도적들에게 인사를 건넸어.
그러자 도적들이 무기를 움켜쥐고는
연치에게 달려들었어. 두목이 말했지.

"이런 재수 없는 놈, 너는 누구냐?
감히 이 집 문지방을 넘다니,

6
.

Az idő járása éjfél lehetett már,
Mikor szemébe tünt egy pislogó sugár.
Amint közelebb ért, látta, hogy ez a fény
Ablakból világít az erdő legmélyén.

Jancsi e látványra ekkép okoskodék:
"Ez a világ aligha csárdában nem ég;
Bizonyára ugy lesz-hál' a jóistennek!
Bemegyek az éjre, benne megpihenek."

Csalatkozott Jancsi, mert az nem volt csárda,
Hanem volt tizenkét zsiványnak tanyája.
Nem állott üresen a ház, a zsiványok
Mind a tizenketten odabenn valának.

Éjszaka, zsiványok, csákányok, pisztolyok...
Ha jól megfontoljuk, ez nem tréfadolog;
De az én Jancsimnak helyén állt a szíve,
Azért is közéjük nagy bátran belépe.

"Adjon az úristen szerencsés jó estét!"
Mondott nekik Jancsi ilyen megköszöntést:
Erre a zsiványok fegyverhez kapának,
Jancsinak rohantak, s szólt a kapitányok:

"Szerencsétlenségnek embere, ki vagy te?
Hogy lábadat mered tenni e küszöbre.

부모는 있어? 마누라는 있고?
아무리 일가친척이 많아도, 두 번 다시 못 볼 거다."

연치는 그런 말을 듣고도 전혀 동요하지 않았고,
얼굴색도 변하지 않았어.
도적 두목의 위협에 조금도
겁먹지 않고 이렇게 대답했지.

"살고 싶은 마음이 있었다면,
이곳에 도착했을 때 겁에 질려 조심스럽게 행동했겠지요.
저는 이 삶이 너무 힘들어, 당신들이 누구든,
이 한복판에 용기 내어 들어온 겁니다.

저를 살려두고 싶으면, 그렇게 하십시오,
대신 이곳에서 밤을 보내며 쉬게 해주십시오.
그럴 마음이 없다면, 저를 죽이십시오.
보잘것없는 제 목숨을 구하려고 애쓰지 않겠습니다."

어떤 미래든 담담히 받아들이겠다는 연치의 말에
열두 명의 도적은 깜짝 놀랐지.
두목이 이렇게 대꾸했어.
"한 가지만 말하지. 이봐, 그 한 가지가 두 가지가 될 수도 있고.

용감한 젊은이, 용맹한 성인이 너를 인도하고 있구나!
너는 도적이 되기 위해 태어난 사람이다.
목숨에 연연하지 않고, 죽음을 두려워하지 않으니…
바로 우리에게 필요한 사람이다… 우리와 함께하자!

우리는 도둑질, 노략질, 살인을 즐긴다.
이런 용감한 놀이에는 어마어마한 재물이 따라오지.

Vannak-e szüleid? van-e feleséged?
Akármid van, nem fog többé látni téged."

Jancsinak sem szíve nem vert sebesebben
E szókra, sem nem lett haloványabb színben;
A zsiványkapitány fenyegetésire
Meg nem ijedt hangon ily módon felele:

"Akinek életét van miért félteni,
Ha e tájt kerüli, nagyon bölcsen teszi.
Nekem nem kedves az élet, hát közétek,
Bárkik vagytok, egész bátorsággal lépek.

Azért, ha úgy tetszik, hagyjatok életben,
Hagyjatok ez éjjel itten megpihennem;
Ha nem akarjátok ezt: üssetek agyon,
Hitvány életemet védeni nem fogom."

Ezt mondta, nyugodtan a jövendőt várva,
A tizenkét zsivány csodálkozására.
A kapitány ilyen szókat váltott véle:
"Egyet mondok, öcsém, kettő lesz belőle;

Te derék legény vagy, azt a bátor szented!
Téged az isten is zsiványnak teremtett.
Éltedet megveted, a halált nem féled...
Te kellesz minekünk... kezet csapunk véled!

Rablás, fosztogatás, ölés nekünk tréfa,
E derék tréfának díja gazdag préda.

이 통에는 은, 저 통에는 금이 있다, 보이느냐?…
자, 우리와 같이 지내겠느냐?"

연치는 머릿속으로는 끔찍하다고 생각했어.
하지만 아무렇지 않은 척하며 유쾌하게 대답했지.
"기꺼이 여러분들의 동료가 되고 싶습니다. 함께하겠습니다!
어둡던 내 삶에 이제야 빛이 드는군요."

"앞으로는 더욱 멋있어질 거다." 두목이 대답했어.
"자, 동지들, 축배를 들자.
성당 지하실에서 가져온 좋은 포도주가 산더미처럼 쌓여 있으니,
마음껏 마시자!"

그들은 단숨에 잔을 비웠어.
그리고 모두 술에 취해버렸지.
정신이 멀쩡한 사람은 오직 연치 혼자였어.
도적들이 술을 권해도, 조금씩 마셨거든.

술에 취한 도적들의 눈꺼풀이 하나둘씩 감기고…
연치가 바라던 바로 그 순간이 찾아왔어.
도적들이 여기저기에 곯아떨어지자,
연치는 이렇게 말하기 시작했어.

"잘 자거라!… 너희들은
심판의 나팔 소리가 울릴 때 깨어날 것이다!
수많은 생명의 불꽃을 꺼뜨렸으니,
내가 너희에게 영원한 밤을 선사하겠다.

이제 보물 창고로 가자! 가방을 가득 채워,
집으로 가져가자, 사랑하는 일루시커에게!

Ez a hordó ezüst, ez meg arany, látod?...
Nos hát elfogadod a cimboraságot?"

Furcsa dolgok jártak Jancsi elméjében,
S tettetett jókedvvel szólt ilyeténképen:
"Cimborátok vagyok, itt a kezem rája!
Rút életemnek ez a legszebb órája."

"No, hogy még szebb legyen," felelt a kapitány,
"Lássunk, embereim, az áldomás után;
Papok pincéjéből van jó borunk elég,
Nézzük meg a kancsók mélységes fenekét!"

S a kancsók mélységes fenekére néztek,
S lett eltemetése fejükben az észnek;
Maga volt csak Jancsi, ki mértéket tartott,
Kinálgatták, de ő aprókat kortyantott.

Álmot hozott a bor latrok pillájára...
Jancsinak sem kellett több, ő csak ezt várta.
Mikor a zsiványok jobbra, balra dőltek,
Jancsi a beszédet ilyformán kezdé meg:

"Jó éjszakát!... nem kelt föl titeket sem más,
Majd csak az itéletnapi trombitálás!
Élete gyertyáját soknak eloltátok,
Küldök én örökös éjszakát reátok.

Most a kincses kádhoz! Megtöltöm tarisznyám,
Hazaviszem neked, szerelmes Iluskám!

더 이상 새어머니에게 종살이를 하지 않게,
아내로 맞아야지… 그게 하늘의 뜻이야.

마을 한가운데에 집을 짓고,
곱게 치장한 새색시를 그리로 데려가야지.
거기서 우리 둘이 행복하게 살아야지,
에덴동산의 아담과 이브처럼…

세상에 맙소사! 내가 무슨 말을 하는 거지?
도적의 저주받은 돈을 가져간다고?
모든 것에 핏자국이 남아 있을 텐데,
이런 보물로 내가 행복해지다니, 부유해지다니?

이것에 손댈 수는 없어… 난 그렇게 할 수 없어,
내 양심을 버릴 수 없어—
내 사랑 일루시커, 부디 너의 고통을 견뎌내,
네 고된 삶을 하느님께 의지해!"

연치는 말을 마친 뒤,
촛불을 들고 집 밖으로 나갔어.
그리고 지붕의 네 모서리에 불을 붙였지.
분노에 찬 불길이 활활 타올랐어.

눈 깜짝할 사이에 불길이 집을 온통 휘감더니,
빨간 혀를 날름거리며 하늘로 치솟았어.
맑았던 하늘이 시커메졌어,
밝게 빛나던 보름달이 어두워지며 하얗게 질렸어.

뜻밖의 광경이 그칠 줄 모르고 계속되자
올빼미와 박쥐는 서둘러 날아가버렸어.

Cudar mostohádnak nem lész többé rabja,
Feleségül veszlek... isten is akarja.

Házat építtetek a falu közepén,
Ékes menyecskének odavezetlek én;
Ottan éldegélünk mi ketten boldogan,
Mint Ádám és Éva a paradicsomban...

Istenem teremtőm! mit beszélek én itt?
Zsiványoknak vigyem el átkozott pénzit?
Tán minden darabhoz vérfoltok ragadtak.
S én ilyen kincsekkel legyek boldog, gazdag?

Hozzájok sem nyúlok... azt én nem tehetem,
Nincs elromolva a lelkiismeretem. –
Édes szép Iluskám, csak viseld terhedet,
Bízd a jóistenre árva életedet!"

Mikor elvégezte Jancsi a beszédet,
Az égő gyertyával a házból kilépett,
Meggyujtá födelét mind a négy szögleten,
Elharapózott a mérges láng sebesen.

Egy láng lett a födél szempillantás alatt,
A láng piros nyelve az ég felé szaladt,
Feketévé vált a tisztakék égi bolt,
Elhalványodott a teljes fényü hold.

A szokatlan világ amint elterjedett,
Fölriasztotta a baglyot, bőregeret;

빠른 날갯짓에
숲의 고요는 깨져버렸어.

솟아오르는 태양의 첫 햇살이
타고 남은 그 집의 잔해를 비추었어.
황폐한 창문 너머로 집 안을 들여다보니,
도적들의 뼈가 쌓여 있었지.

7
.

이미 연치는 수많은 나라를 지나왔어.
도적의 오두막 따위는 기억 속에 남겨두지 않았지.
어느 날 그의 앞에서 무언가 반짝거리고 있었어,
햇살을 받은 무기가 반짝이고 있었지.

군인들이, 멋진 헝가리 군인들이 다가오고 있었어.
햇빛을 받아 무기가 반짝반짝 빛났어.
그들이 탄 말들이 거칠게 뛰면서, 히힝 하고 울었지.
갈기 달린 우아하고 매끈한 머리를 흔들었어.

연치는 점점 가까워지는 군인들을 보자,
가슴이 터질 듯이 두근대기 시작했어.
이런 생각이 들었거든.
'나를 받아준다면, 기꺼이 군인이 될 텐데!'

마침내 군인들이 그의 옆까지 다가왔고,
대장이 연치에게 말을 건넸어.
"조심해, 시골 촌뜨기! 머리는 제대로 달려 있는 건가…
대체 무슨 일로 이렇게 슬퍼하고 있나?"

Kiterjesztett szárnyak sebes susogása
A falombozatok nyugalmát fölrázta.

A föltámadó nap legelső sugára
Lesütött a háznak füstölgő romjára,
Pusztult ablakán át benézett a házba,
Ott a haramjáknak csontvázait látta.

7
.

Jancsi már hetedhét országon túl jára,
Nem is igen gondolt a zsiványtanyára;
Egyszerre valami csillámlott előtte,
Hát sugarát a nap fegyverekre lőtte.

Katonák jövének, gyönyörű huszárok,
A nap fénye ezek fegyverén csillámlott;
Alattok a lovak tomboltak, prüsszögtek,
Kényesen rázták szép sörényes fejöket.

Mikor őket Jancsi közeledni látta,
Alig fért meg szíve a bal oldalába'
Mert így gondolkodott: "Ha befogadnának,
Be örömest mennék én is katonának!"

Amint a katonák közelébe értek,
Ily szavát hallotta Jancsi a vezérnek:
"Vigyázz, földi! bizony rálépsz a fejedre...
Mi ördögért vagy úgy a búnak eredve?"

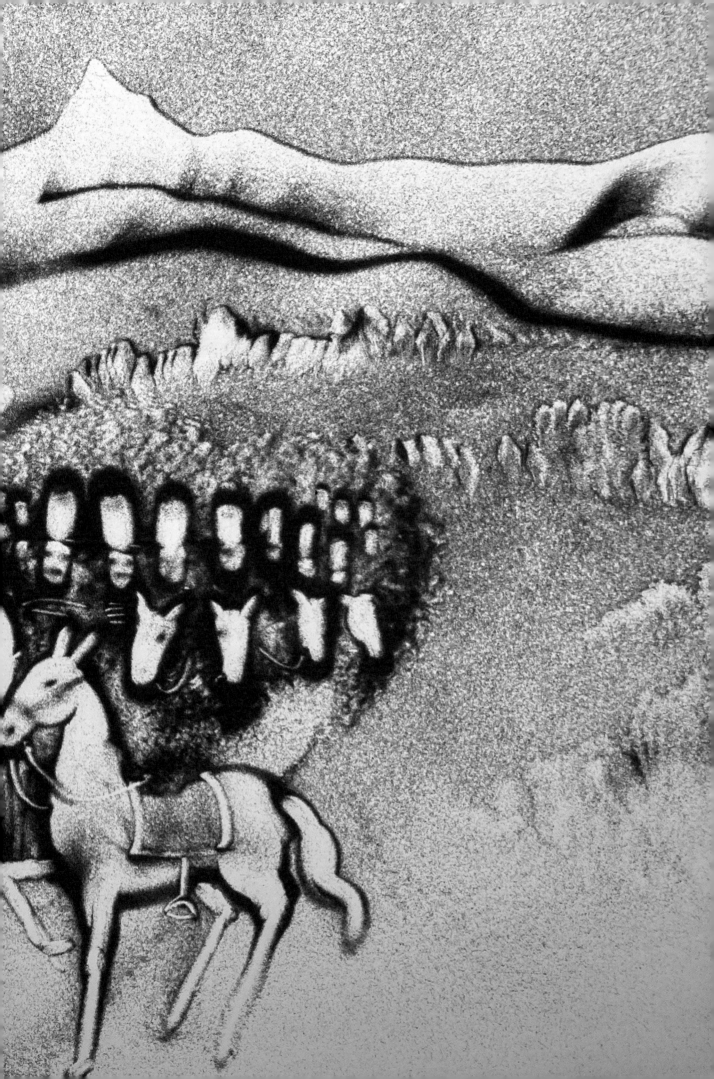

연치는 한숨을 쉬며 대답했지.
"저는 이 넓은 세상을 유랑하고 있습니다.
만약 제가 당신들과 함께할 수 있다면,
고개를 들고 당당하게 살 수 있을 겁니다."

대장이 다시 말했어. "잘 생각해, 시골 촌뜨기!
우리는 놀러 가는 게 아니라, 전쟁터로 가는 중이야.
튀르크족이 프랑스인을 공격했어.
그래서 프랑스를 도우러 간다."

"기꺼이 말 위로 올라,
안장에 제 몸을 던지겠습니다.
그렇게 하지 않으면, 슬픔이 저를 죽일 겁니다—
저는 전장에 나갈 수 있기를 간절히 바랍니다.

사실은 이제까지 당나귀만 부려본 게 다입니다,
저는 양치기였으니까요.
허나 저는 헝가리 사람, 당연히 말을 부릴 수 있을 겁니다.
하느님은 헝가리 사람을 위해 말과 안장을 만드셨지요."

연치는 술술 이야기를 털어놓았어.
그의 반짝이는 눈빛은 더 많은 말을 하고 있었지.
너무나 당연하게 대장은 연치를 마음에 들어했고,
그를 자신의 직속 부하로 삼았어.

온갖 화려한 수사를 모두 동원해야 할 거야.
연치가 붉은 군인 바지를 입었을 때의 느낌과
붉은 군인 재킷을 입으며 해를 향해 빛나는 검을
들어올렸을 때 어떤 느낌이었는지를 설명하려면.

Jancsi pedig szólott fohászkodva nagyot:

"Én a kerek világ bujdosója vagyok;

Ha kegyelmetekkel egy sorba lehetnék,

A ragyogó nappal farkasszemet néznék."

Szólt megint a vezér: "Jól meggondold, földi!

Nem mulatni megyünk, megyünk öldökölni.

Rárontott a török a francia népre;

Franciáknak megyünk mi segedelmére."

"Hát hisz akkor én meg még jobban szeretném,

Ha magamat lóra, nyeregbe vethetném;

Mert ha én nem ölök, engem öl meg a bú –

Nagyon kivánt dolog nekem a háború.

Igaz, hogy eddig csak szamarat ismértem,

Mivelhogy juhászság volt a mesterségem.

De magyar vagyok, s a magyar lóra termett,

Magyarnak teremt az isten lovat, nyerget."

Sokat mondott Jancsi megeredt nyelvével,

De még többet mondott sugárzó szemével;

Nagyon természetes hát, hogy a vezérnek

Megtetszett, és be is vette közlegénynek.

Cifra beszéd kéne azt elősorolni,

A vörös nadrágban mit érezett Jancsi,

Mit érezett, mikor a mentét fölkapta,

S villogó kardját a napnak megmutatta.

그의 거친 말은 별을 차듯 높이 뛰어올랐어.
연치는 말 위로 올라
기둥처럼 꼿꼿하게 앉았어.
지진이 나도 흔들리지 않을 것 같았어.

동료 군인들도 깜짝 놀랐지.
그의 늠름함과 힘에 감탄했어.
그들이 어딜 가든, 어디에 머무르든,
떠날 때면 소녀들이 자주 눈물을 흘렸어.

그러나 연치는 소녀들을 보아도
전혀 관심이 없었어.
여러 나라를 다녔지만,
일루시커 같은 소녀는 어디에도 없었으니까.

8
.

부대는 행진하고 또 행진했어, 걷고 또 걸었어.
어느새 그들은 타타르의 땅 한가운데에 다다랐어.
그러나 이곳에서 그들을 기다리고 있는 것은 엄청난 위험이었지.
기괴하게 생긴 수많은 타타르 군인을 맞닥뜨린 거야.

기괴하게 생긴 타타르 족장이
헝가리 군인들에게 이렇게 소리쳤어.
"네놈들이 감히 우리와 맞서겠다고?
우리가 사람을 잡아먹는 건 알고 있겠지?"

가엾은 헝가리 군인들은 겁에 질렸어.
게다가 타타르 군인은 족히 수천은 되어 보였어.

Csillagokat rúgott szilaj paripája,

Mikor Jancsi magát fölvetette rája,

De ő keményen ült rajta, mint a cövek,

A földindulás sem rázhatta volna meg.

Bámulói lettek katonapajtási,

Nem győzték szépségét, erejét csodálni,

És amerre mentek, s beszállásozának,

Induláskor gyakran sírtak a leányok.

Lyányokra nézve ami Jancsit illeti,

Egyetlenegy leány sem tetszett őneki,

Az igaz, hogy noha sok földet bejára,

Sehol sem akadt ő Iluska párjára.

8

•

Nos hát ment a sereg, csak ment, csak mendegélt,

Tatárországnak már elérte közepét;

De itten reája nagy veszedelem várt:

Látott érkezni sok kutyafejű tatárt.

Kutyafejű tatár népek fejedelme

A magyar sereget ekkép idvezelte:

"Hogy mikép mertek ti szembeszállni vélünk?

Tudjátok-e, hogy mi emberhússal élünk?"

Nagy volt ijedtsége szegény magyaroknak,

Minthogy a tatárok ezerannyin voltak;

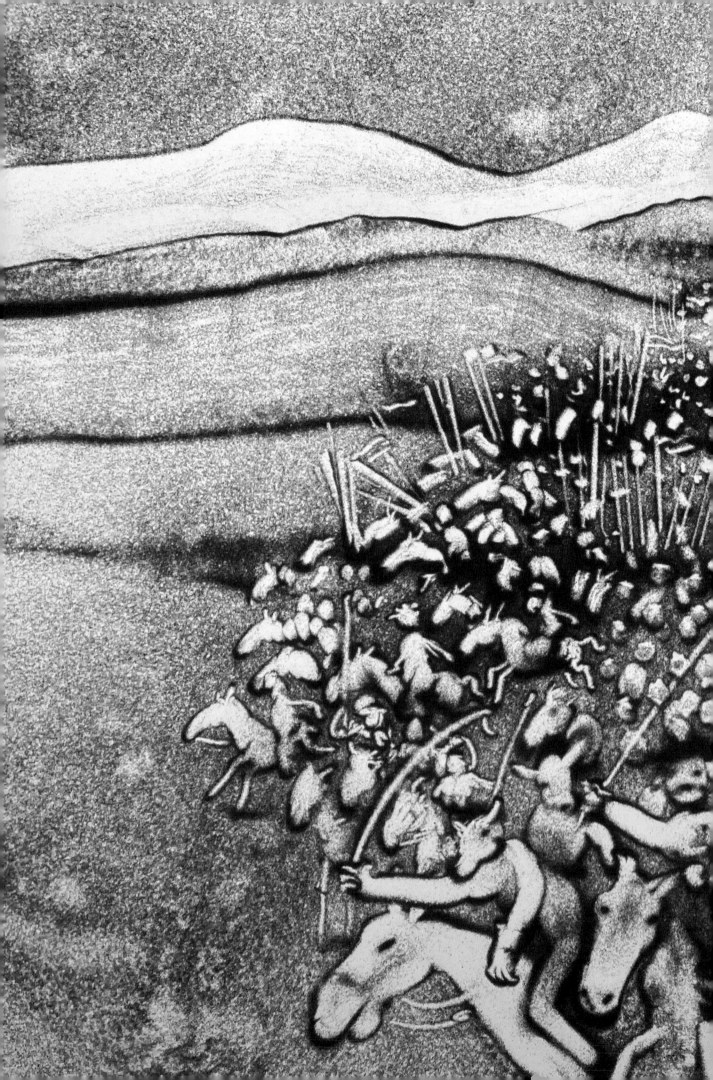

하지만 하늘이 도왔는지, 그때 바로
아프리카의 선한 왕이 그곳을 지나가고 있었어.

아프리카 왕은 즉시 헝가리 편에 섰어.
예전에 헝가리로 여행 갔을 때,
마음씨 고운 백성들이
그를 극진하게 맞아줬거든.

아프리카 왕은 그때 일을 잊지 않고 있었어.
그래서 헝가리 사람을 보호하기 위해 걸어 나가,
자신의 좋은 친구 타타르 황제에게
이렇게 말하며 화를 달래주었어.

"나의 사랑하는 친구여, 이들을 괴롭히지 말아요.
이들은 당신에게 손톱만큼도 해를 끼치지 않을 겁니다.
나는 헝가리인을 정말 잘 알고 있소.
부디 청하니 그들이 이곳을 지나가게만 해주시오."

"친구여, 당신이 청한 대로 하겠소."
화가 풀린 타타르 족장이 말했어.
그러고는 통행 허가증까지 써주었어,
누구도 헝가리 군대를 괴롭히지 못하게.

그 후로는 아무런 문제 없이 행군했지만,
국경에 도달한 뒤 그들은 넋을 잃고 말았어.
어떻게 그러지 않을 수 있었겠어? 척박한 이곳에는
먹을 게 하나도 없었거든. 고기는커녕 파리조차 보이지 않았어.

Jó, hogy akkor azon a vidéken jára
Szerecsenországnak jószívű királya.

Ez a magyaroknak mindjárt pártját fogta,
Mert Magyarországot egyszer beutazta,
S ekkor Magyarország jámbor lelkü népe
Igen becsületes módon bánt ővéle.

El sem feledte ezt a szerecsen király:
Azért a magyarok védelmére kiáll,
S a tatár császárral, kivel jóbarát volt,
Kiengesztelésül ily szavakat váltott:

"Kedves jóbarátom, ne bántsd e sereget,
Legkisebbet sem fog ez ártani neked,
Igen jól ismerem én a magyar népet,
Kedvemért bocsásd át országodon őket."

"A kedvedért, pajtás, hát csak már megteszem."
Szólt kibékülve a tatár fejedelem,
De még meg is írta az úti levelet,
Hogy senki se bántsa a magyar sereget.

Az igaz, hogy nem is lett semmi bántása,
De mégis örült, hogy elért a határra,
Hogyne örült volna? ez a szegény vidék
Egyebet se' terem: medvehúst meg fügét.

9
.

타타르의 산과 언덕을 지나
헝가리 군대는 멀리멀리 행군했지.
그리고 마침내 넓은 이탈리아 땅 깊숙이 들어왔어,
로즈메리 나무와 숲의 어두운 그늘 안으로.

특별한 일은 없었어,
오직 모진 추위와 싸워야 했을 뿐.
이탈리아에는 겨울만 계속되고 있어서
우리 군인들은 눈과 얼음 위를 걸어야 했어.

그러나 헝가리 사람의 강인한 성품은
어떤 추위도 견뎌냈어.
어디 그뿐이겠어. 날이 추워질수록, 그들은 굳건한 마음으로
말에서 내려 오히려 말을 등에 지고 걸었어.

10
.

드디어 그들은 폴란드에 다다랐어.
그리고 폴란드 사람의 땅에서 인도로 갔지.
프랑스와 인도는 국경을 맞대고 있었는데,
두 나라 사이에 놓인 길은 정말 험난했어.

인도의 중심부에는 오직 언덕뿐이었고,
언덕은 점점 더 높아져갔지.
두 나라의 국경에 도달하자,
산이 하늘까지 닿아 있었어.

9
.

Tatárország hegyes-völgyes tartománya
Messziről nézett a seregnek utána,
Mert jól bent vala már nagy Taljánországban,
Rozmarínfa-erdők sötét árnyékában.

Itt semmi különös nem történt népünkkel,
Csakhogy küszködnie kellett a hideggel,
Mert Taljánországban örökös tél vagyon;
Mentek katonáink csupa havon, fagyon.

No de a magyarság erős természete,
Bármi nagy hideg volt, megbirkózott vele;
Aztán meg, ha fáztak, hát kapták magokat,
Leszálltak s hátokra vették a lovokat.

10
.

Ekképen jutottak át Lengyelországba,
Lengyelek földéről pedig Indiába;
Franciaország és India határos,
De köztök az út nem nagyon mulatságos.

India közepén még csak dombok vannak,
De aztán a dombok mindig magasabbak,
S mikor a két ország határát elérik,
Már akkor a hegyek fölnyúlnak az égig.

군인들이 얼마나 비지땀을 흘렸을지, 보지 않아도 알 수 있을 거야.

그들은 겉옷과 목도리를 벗어던졌어…

어떻게 그러지 않을 수 있었겠어?

태양이 그들 머리 위에 닿을 듯 가까이 있었는데.

공기 말고는 먹을 게 아무것도 없었어.

공기는 얼마나 빽빽했는지, 깨물 수 있을 정도였어.

마실 것은 또 얼마나 희한했는지 몰라.

목이 마르면 구름에서 물을 짜 마셨어.

이곳은 너무 더워서 밤에만 행진했고,

마침내 군인들은 산꼭대기에 도착했어.

그들은 천천히 걸었어, 큰 장애물이 있었거든.

말이 별에 걸려 비틀거렸던 거야.

다 같이 별 한가운데로 걸어가는 동안,

쿠코리처 연치는 곰곰 생각했어.

'사람들이 말하길, 별이 하나 떨어지면

지상에서 한 사람이 죽은 거라고 했는데.

어느 별이 일루시커의 못된 새어머니 별인지,

내가 모르는 게 정말 다행이야.

다시는 내 사랑을 괴롭히지 못하게

지금 내가 그 별을 차버릴 수도 있으니.'

얼마 후 그들은 내리막길로 접어들었어.

어느새 발아래 산이 점점 낮아지더니

끔찍했던 더위가 사라지기 시작했어,

그리고 그들은 프랑스 땅으로 들어갔지.

Tudni való, hogy itt a sereg izzadott,
Le is hányt magáról dolmányt, nyakravalót...
Hogyne az istenért? a nap fejök felett
Valami egy óra-járásra lehetett.

Enni nem ettek mást, mint levegőeget;
Ez olyan sürü ott, hogy harapni lehet.
Hanem még italhoz is furcsán jutottak:
Ha szomjaztak, vizet felhőből facsartak.

Elérték végtére tetejét a hegynek;
Itt már oly meleg volt, hogy csak éjjel mentek.
Lassacskán mehettek; nagy akadály volt ott:
Hát a csillagokban a ló meg-megbotlott.

Amint ballagtak a csillagok közepett,
Kukoricza Jancsi ekkép elmélkedett:
"Azt mondják, ahányszor egy csillag leszalad,
A földön egy ember élete megszakad.

Ezer a szerencséd, te gonosz mostoha,
Hogy nem tudom, melyik kinek a csillaga;
Nem kínzanád tovább az én galambomat –
Mert lehajítanám mostan csillagodat."

Eztán nem sokára lejtősen haladtak,
Alacsonyodtak már a hegyek alattok,
A szörnyű forróság szinte szünni kezdett,
Mentül beljebb érték a francia földet.

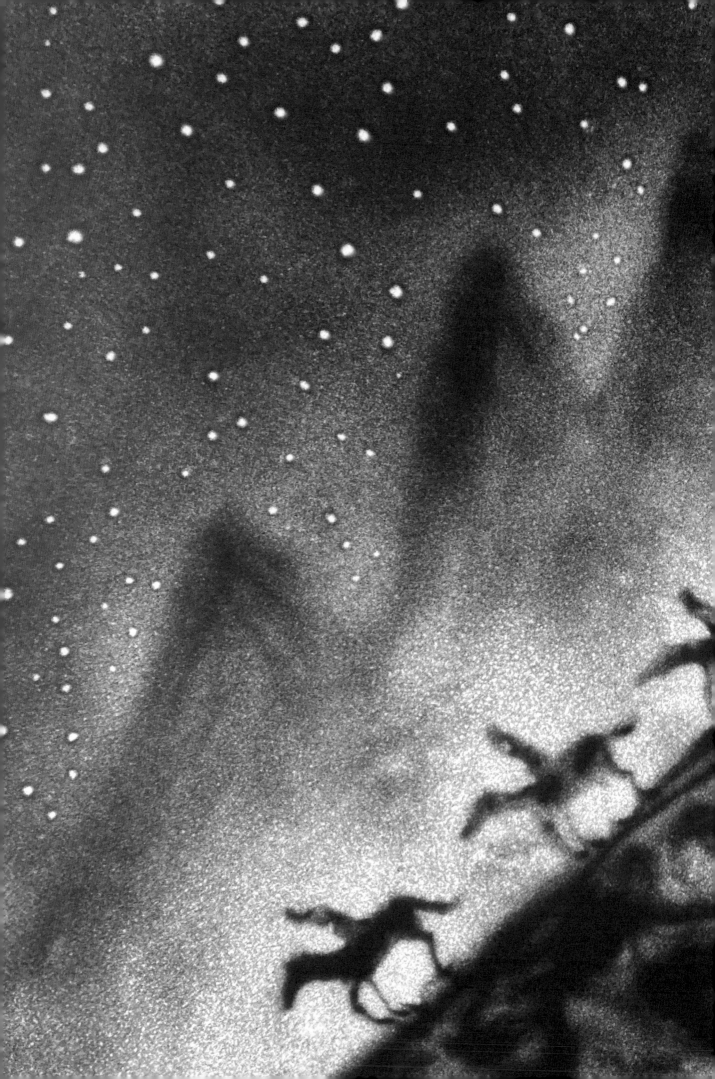

11
•

프랑스는 놀라운 곳이었어,
완벽한 낙원이고, 약속된 땅이었어.
그래서 튀르크족이 이빨을 드러내며,
그곳을 초토화시키려고 쳐들어간 거야.

헝가리 사람들이 도착했을 때,
이미 그곳은 튀르크족에게 철저히 약탈당한 뒤였어.
그들은 수많은 성당에 그득하던 보물을 훔쳐갔고,
모든 포도주 창고를 텅텅 비게 만들었어.

많은 도시가 불타는 모습이 눈에 들어왔어.
튀르크족은 대항하는 자를 모두 칼로 베어버렸어.
프랑스 왕도 왕궁에서 쫓아냈고,
그의 사랑하는 외동딸을 빼앗아갔어.

우리 헝가리 사람이 프랑스 왕을 찾아냈을 때,
그는 넓은 나라 안을 떠돌고 있었어.
그를 만난 헝가리 군인들은
그의 운명이 안타까워 눈물을 흘렸어.

떠돌이 왕이 이렇게 말했어.
"그래, 친구들, 정말 고통스러운 상황 아닌가?
나의 재물이 다리우스 왕과 비슷할 정도로 많았는데,
지금은 극도의 궁핍과 싸워야 하니 말일세."

헝가리군 대장이 그를 위로했어.
"프랑스의 위대하신 임금님, 슬퍼하지 마십시오!

11
.

A franciák földje gyönyörű tartomány,
Egész paradicsom, egész kis Kánaán,
Azért is vásott rá a törökök foga,
Pusztitó szándékkal azért törtek oda."

Mikor a magyarság beért az országba,
A törökök ott már raboltak javába';
Kirabolták a sok gazdag templom kincsét,
És üresen hagytak minden borospincét.

Látni lehetett sok égő város lángját,
Kivel szemközt jöttek, azt kardjokra hányták,
Magát a királyt is kiűzték várából,
S megfosztották kedves egyetlen lyányától.

Így találta népünk a francia királyt,
Széles országában föl s le bujdosva járt;
Amint őt meglátták a magyar huszárok,
Sorsán szánakozó könnyet hullatának.

A bujdosó király ily szókat hallatott:
"Ugye, barátim, hogy keserves állapot?
Kincsem vetélkedett Dárius kincsével,
S most küszködnöm kell a legnagyobb ínséggel."

A vezér azt mondá vigasztalására:
"Ne busúlj, franciák fölséges királya!

저희가 이 못된 족속을 혼내주겠습니다.
전하를 부당하게 대접한 자들을 가만두지 않겠습니다.

하지만 오늘 밤은 피곤함부터 털어버려야겠습니다.
너무 먼 길을 오느라 조금 지쳤으니까요.
그러나 내일 해가 솟아오르고 난 뒤,
전하의 빼앗긴 나라를 되찾아드리겠습니다."

"가엾은 내 딸, 사랑스러운 내 딸은 어떻게 되었을까?"
왕은 한숨을 쉬었어. "그 아이를 어디서 찾을 수 있을까?
튀르크 대장이 나에게서 빼앗아갔으니…
내 딸을 찾아오는 사람을 사위로 삼겠네."

이 말을 들은 헝가리 군인들은 용기백배했어.
모든 사람의 가슴에 큰 희망이 날아들었어.
모두가 이런 생각을 떠올렸지.
'공주를 찾자, 아니면 그녀를 위해 목숨을 바치자.'

아마 쿠코리처 연치 혼자였을 거야,
이 말에 귀 기울이지 않은 사람은.
연치의 머릿속은 다른 생각으로 가득했어.
아름다운 일루시커가 다시 떠올랐지.

12

다음 날 아침 늘 그렇듯 태양이 떠올랐어.
그러나 매일 아침 보고 들었던 것과
전혀 다른 모습이 펼쳐졌지.
곧 태양은 땅끝에 멈추어 섰어.

Megtáncoltatjuk mi ezt a gonosz népet,
Ki ily méltatlanul mert bánni tevéled.

Ez éjjelen által kipihenjük magunk,
Mert hosszú volt az út, kissé elfáradtunk.
De holnap azután, mihelyt fölkel a nap,
Visszafoglaljuk mi vesztett országodat."

"Hát szegény leányom, hát édes leányom?"
Jajdult föl a király, "őtet hol találom?
Elrabolta tőlem törökök vezére...
Aki visszahozza, számolhat kezére."

Nagy buzditás volt ez a magyar seregnek;
Minden ember szivét reménység szállta meg.
Ez volt mindenkinek fejében föltéve:
"Vagy visszakerítem, vagy meghalok érte."

Kukoricza Jancsi tán egymaga volt csak
Meg nem hallója az elmondott dolognak;
Jancsinak az esze más egyeben jára:
Visszaemlékezett szép Iluskájára.

12
•

Másnap reggel a nap szokás szerint fölkelt,
De nem lát és nem hall olyat minden reggel,
Mint amilyet hallott, mint amilyet látott
Mindjárt, mihelyest a föld szélére hágott.

군대 나팔 소리가 쩌렁쩌렁 울리자,

그 소리를 들은 모든 젊은이가 벌떡 일어났어.

쇠로 만든 창을 날카롭게 잘 갈고는,

재빠르게 말에 안장을 매었지.

왕은 자신도 전장에 나가,

다른 사람과 함께 싸우겠다고 강력하게 주장했지만,

헝가리군의 현명한 대장은

왕에게 이렇게 조언했지.

"아닙니다, 위대하신 임금님! 전하는 이곳에 남아 계십시오.

전하의 팔은 전쟁을 치르기엔 이제 너무 약합니다.

나이와 함께 더 용감해지신 것은 알고 있습니다.

하지만 어찌하겠습니까? 세월과 함께 힘이 줄어들었으니.

전하, 하느님과 저희를 믿으십시오.

저와 내기를 하시지요. 오늘 해가 지기 전까지

전하의 나라에서 원수를 쫓아내고,

다시 왕좌에 앉게 해드리겠습니다."

말이 끝나자마자 헝가리 군인들은 말에 올라,

침략자 튀르크군을 쫓으러 떠났지.

그리고 오래 걸리지 않아, 그들과 마주쳤어.

헝가리 군인들은 그들에게 사신을 보내 선전포고했어.

사신이 돌아오고 나팔이 커다랗게 울리자,

무서운 쿵쿵 소리와 함께 전투가 시작되었어.

쇠가 부딪치는 소리, 목이 터져라 내지르는 괴성은

헝가리 군인들이 싸울 때 나는 소리였지.

Megszólalt a sereg harsány trombitája,

Minden legény talpon termett szózatára;

Jól kiköszörülték acélszablyáikat,

Azután nyergelték gyorsan a lovakat.

A király erőnek erejével rajt volt,

Hogy ő is elmegy, s a többiekkel harcol;

Hanem a huszárok bölcs eszű vezére

A királyhoz ilyen tanácsot intéze:

"Nem, kegyelmes király! csak maradj te hátra,

A te karjaid már gyöngék a csatára;

Tudom, meghagyta az idő bátorságod,

De mi haszna? hogyha erőd vele szállott.

Bízd az isten után mireánk ügyedet;

Fogadást teszünk, hogy mire a nap lemegy,

Országodból tova űzzük ellenséged,

S elfoglalhatd újra a királyi széket."

Erre a magyarság lóra kerekedett,

S keresni indult a rabló törököket;

Nem soká kereste, mindjárt rájok akadt,

És egy követ által izent nekik hadat.

Visszajött a követ, harsog a trombita,

Rémséges zugással kezdődik a csata;

Acélok csengése, torkok kurjantása

Volt a magyaroknál harci jel adása.

박차로 말 옆구리를 치니
말 달리는 소리가 땅을 뒤흔들었어.
아니면 땅의 심장이 둥둥 울렸던 걸 거야,
이 소동이 재앙을 몰고 올까봐 겁나서.

튀르크의 대장인 일곱 갈래 머리의 파사는
배가 산만큼 불룩했어.
포도주를 얼마나 마셨는지 코가 새빨개서,
사람들은 잘 익은 딸기 같다고 생각했어.

튀르크의 배불뚝이 대장은
부대를 전투대형으로 배치했어.
하지만 헝가리의 후사르 부대가 달려들기 시작하자,
튀르크 군인들은 꼼짝하지 못했어.

헝가리 군인들이 맹렬하게 돌진했거든.
순식간에 전투대형이 붕괴되고,
튀르크 군인들은 피를 흘리기 시작했어.
그 피로 푸른 들판이 붉은 바다가 되었지.

엄청나게 더운 날이었어! 무더웠던 그날 하루 사이에,
튀르크군의 시체가 산처럼 높이 쌓였어.
그러나 배불뚝이 파사는 여전히 살아남아,
쿠코리처 연치를 향해 무기를 높이 쳐들고 있었어.

쿠코리처 연치는 피하지 않고 맞서 싸우려고 했어.
그래서 이렇게 외치며 튀르크의 파사에게 달려들었어.
"형제! 너는 한 사람이라고 하기엔 너무 몸이 커.
그러니 내가 너를 둘로 만들어주겠다."

A sarkantyút vágták lovak oldalába,
Dobogott a földön lovak patkós lába,
Vagy talán a földnek dobbant meg a szíve,
E vészt jövendölő zajra megijedve.

Törökök vezére hétlófarkú basa,
Ötakós hordónak elég volna hasa;
A sok boritaltól piroslik az orra,
Azt hinné az ember, hogy érett uborka.

A török csapatnak nagy hasú vezére
Rendbe szedte népét a harcnak jelére;
A rendbe szedett nép ugyancsak megállott,
Amint megrohanták a magyar huszárok.

De nem volt gyerekség ez a megrohanás,
Lett is nemsokára szörnyű rendzavarás;
Izzadott a török véres verítéket,
Tőle a zöld mező vörös tengerré lett.

Hej csinálom-adta! meleg egy nap volt ez,
Heggyé emelkedett már a török holttest.
De a basa még él mennykő nagy hasával,
S Kukoricza Jancsit célozza vasával.

Kukoricza Jancsi nem veszi tréfának;
S ily szóval megy neki a török basának:
"Atyafi! te úgyis sok vagy egy legénynek;
Megállj, én majd kettőt csinálok belőled."

그리고 자신이 말한 대로 행동에 옮겼어.

불쌍한 튀르크의 파샤를 둘로 가른 거야.

놀란 말 위에 앉아 있던 그의 몸이 양쪽으로 떨어졌고,

허세 부리던 그는 이렇게 이승을 떠났어.

겁쟁이 튀르크군은 이 광경을 보고 움찔했어!

그리고 뒤돌아서서 도망치기 시작했어.

뛰고, 또 뛰었지. 아마 지금도 뛰고 있을걸,

후사르에게 붙잡히지 않았다면.

후사르는 그들을 붙잡는 대로 사정없이 칼로 내리쳤어.

머리가 양귀비꽃처럼 앞으로 굴러떨어졌어.

오직 말 한 마리만 있는 힘을 다해 달려갔어.

쿠코리처 연치는 그 뒤를 뒤쫓아갔지.

말을 몰고 도망치던 것은 파샤의 아들이었고,

그의 가슴에 무언가 하얀 물체가 보였어.

바로 프랑스의 공주였어.

공주는 정신을 잃고, 아무것도 모르고 있었지.

연치는 한참을 달려 그를 따라잡았어.

그리고 그를 향해 소리 질렀어. "나를 믿고, 거기 서!

거기 서라, 그러지 않으면 내가 단칼에

네 영혼을 지옥으로 보내버리겠다."

그래도 파샤의 아들은 멈추지 않았어.

그러다가 결국 말이 고꾸라지고 말았어.

쓰러진 말은 마지막 숨을 토해냈지.

파샤의 아들이 입을 열고 이렇게 말했어.

S akként cselekedett, amint megfogadta,
Szegény török basát kettéhasította,
Jobbra-balra hullott izzadó lováról,
Igy múlt ki őkelme ebből a világból.

Mikor ezt látta a gyáva török sereg,
Uccu! hátat fordít és futásnak ered,
Futott, futott s talán mostanság is futna,
Hogyha a huszárok el nem érték volna.

De bezzeg elérték, le is kaszabolták;
Hullottak a fejek előttök, mint a mák.
Egyetlenegy nyargal még lóhalálába',
Ennek Kukoricza Jancsi ment nyomába.

Hát a török basa fia vágtatott ott,
Ölében valami fehérféle látszott.
A fehérség volt a francia királylyány;
Nem tudott magáról semmit, elájulván.

Soká nyargalt Jancsi, amíg utolérte,
"Megállj, a hitedet!" kiáltott feléje,
"Állj meg, vagy testeden mindjárt nyitok kaput,
Melyen által hitvány lelked pokolba fut."

De a basa fia meg nem állott volna,
Ha a ló alatta össze nem omolna.
Összeomlott, ki is fújta ott páráját,
Basa fia ilyen szóra nyitá száját:

"제발, 제발 살려주십시오, 고귀하신 용사님!
다른 것은 몰라도, 저의 젊음을 생각해주십시오.
저는 아직 젊습니다. 살고 싶습니다…
모든 것을 드릴 테니, 목숨만은 살려주십시오!"

"네 재물은 다 가져가라, 겁쟁이 녀석!
너는 죽일 필요도 없는 쓸모 없는 놈이다.
이곳을 떠나 네 고향에 가서 전하거라,
도적놈들의 최후가 어떠했는지를."

연치는 말에서 내려 공주에게 다가갔어.
그 순간 공주가 눈을 떴어.
연치는 그녀의 신비스러운 눈을 바라보았지.
공주가 이렇게 말했어.

"저를 구해준 분이시여! 누구신지 물어봐도 될까요?
정말 감사하다는 말밖에는 드릴 말씀이 없군요.
제 목숨을 구해주셨으니, 무엇이든 하겠습니다.
원하신다면, 당신의 아내가 되겠습니다."

연치의 혈관에는 물이 아니라 피가 흘렀어.
그의 마음속에 큰 갈등이 생겨났지.
그러나 그의 가슴은 그 갈등을 잠재웠어,
일루시커를 떠올리면서.

그는 아름다운 공주에게 정중하게 말했어.
"공주님, 사랑하는 아버님에게 어서 가시지요.
그리고 나서 함께 이 문제에 대해 상의해보시지요."
그는 공주를 말에 태우고 앞에서 천천히 걷기 시작했어.

"Kegyelem, kegyelem, nemes lelkű vitéz!
Ha semmi másra nem: ifjuságomra nézz;
Ifjú vagyok még, az életet szeretem...
Vedd el mindenemet, csak hagyd meg életem!"

"Tartsd meg mindenedet, gyáva élhetetlen!
Kezem által halni vagy te érdemetlen.
Hordd el magad innen, vidd hírül hazádnak,
Haramja fiai hogy és mikép jártak."

Leszállott lováról, királylyányhoz lépe,
És beletekintett gyönyörű szemébe,
Melyet a királylyány épen most nyita ki,
Mialatt ily szókat mondanak ajaki:

"Kedves szabadítóm! nem kérdezem, ki vagy?
Csak annyit mondok, hogy hálám irántad nagy.
Háladatosságból én mindent megteszek,
Hogyha kedved tartja, feleséged leszek."

Jancsi ereiben nem folyt víz vér helyett,
Szívében hatalmas tusa keletkezett;
De lecsillapítá szíve nagy tusáját,
Emlékezetébe hozván Iluskáját.

Nyájasdadon így szólt a szép királylyányhoz:
"Menjünk, rózsám, elébb az édesatyádhoz.
Ott majd közelebbről vizsgáljuk a dolgot."
S ló előtt a lyánnyal lassacskán ballagott.

13
·

쿠코리처 연치와 공주는
해가 질 무렵 격전지에 도착했어.
저무는 해의 마지막 햇살이
붉은 눈으로 슬픈 장소를 보고 있었지.

다른 것은 보이지 않았고, 오직 피로 가득한 죽음만,
주검 위로 모여든 까마귀떼만 보였어.
해는 즐거움이라곤 찾아볼 수 없는 이곳을 떠나
깊은 바닷속으로 침잠했지.

격전지 옆에는 커다란 호수가 하나 있었어.
맑은 물로 가득한 호수였지.
하지만 지금은 온통 붉은색으로 변해 있었어,
헝가리 군인들이 몸에 묻은 튀르크군의 피를 그 물로 씻어냈거든.

헝가리 군인들은 모두 몸을 씻은 뒤,
프랑스 왕을 궁전으로 호위해 갔어.
궁전은 격전지에서 멀지 않았지만…
그래도 모시고 갔지.

부대가 성에 들어가려고 할 때,
마침 쿠코리처 연치도 도착했어.
그의 옆에는 아름다운 공주가 있었어.
구름 옆에서 무지개가 빛나는 것 같았어.

연로한 왕은 자기 딸을 보고,
기쁨에 겨워 온몸을 떨며 공주를 끌어안았어.

13
·

Kukoricza Jancsi meg a királyleány
Csatahelyre értek a nap alkonyatán.
A leáldozó nap utósó sugára
Vörös szemmel nézett a siralmas tájra.

Nem látott egyebet, csak a véres halált,
S hollósereget, mely a halottakra szállt;
Nemigen telt benne nagy gyönyörűsége,
Le is ereszkedett tenger mélységébe.

A csatahely mellett volt egy jókora tó,
Tiszta szőke vizet magába foglaló.
De piros volt az most, mert a magyar sereg
Török vértől magát vizében mosta meg.

Miután megmosdott az egész legénység,
A francia királyt várába kisérték;
A csatamezőtől az nem messzire állt...
Idekisérték hát a francia királyt.

Alighogy bevonult a várba a sereg,
Kukoricza Jancsi szinte megérkezett.
Olyan volt mellette az ékes királylyány,
Mint felhő mellett a tündöklő szivárvány.

Hogy az öreg király leányát meglátta,
Reszkető örömmel borult a nyakába,

그리고 딸에게 수없이 입을 맞추었지.
그러고 나서야 겨우 이렇게 말했어.

"이제 나는 더 바랄 게 없을 만큼 기쁘구나.
어서 요리사에게 가서 이르거라,
승리를 쟁취한 군사들을 위해
저녁식사로 진수성찬을 준비하라고."

"임금님, 그러실 필요 없습니다."
왕 옆에서 어떤 사람이 쩌렁쩌렁한 목소리로 말했어.
"이미 모든 것을 준비해놓았습니다.
옆방에 식사가 준비되어 있습니다."

용맹한 헝가리 군인들 귀에
요리사의 대답은 감미롭게 들렸어.
두 번 말할 필요 없게 그들은 옆방으로 들어가,
잘 차려진 식탁에 빙 둘러앉았어.

튀르크군을 단숨에 무찔렀듯,
그들은 맛난 음식을 남김 없이 먹어치웠어.
당연한 일이었지, 용맹한 군인들은
격렬한 전투를 치르느라 기운이 완전히 빠져 있었거든.

배를 채운 군인들이 술을 마시기 전에,
프랑스 왕은 이렇게 말했어.
"내 말을 잘 들으시오, 용감한 군인들이여,
이제부터 할 이야기는 아주 중요한 것이니."

헝가리 군인들은 모두 귀 기울였어,
프랑스 왕의 이야기를 하나도 놓치지 않으려고.

S csak azután mondta a következőket,
Mikor a lyány ajkán tőle sok csók égett:

"Most már örömömnek nincsen semmi híja;
Szaladjon valaki, s a szakácsot híja,
Készítsen, ami jó, mindent vacsorára,
Az én győzedelmes vitézim számára."

"Király uram! nem kell híni a szakácsot,"
A király mellett egy hang ekkép rikácsolt,
"Elkészítettem már mindent hamarjában,
Föl is van tálalva a szomszéd szobában."

A szakács szavai kedvesen hangzottak
Füleiben a jó magyar huszároknak;
Nemigen sokáig hívatták magokat,
Körülülték a megterhelt asztalokat.

Amily kegyetlenül bántak a törökkel,
Csak úgy bántak ők most a jó ételekkel;
Nem is csoda biz az, mert megéhezének
A nagy öldöklésben a derék vitézek.

Járta már a kancsó isten igazába',
Ekkor a királynak ily szó jött szájába:
"Figyelmezzetek rám, ti nemes vitézek,
Mert nagy fontosságu, amit majd beszélek."

S a magyar huszárok mind figyelmezének,
Fölfogni értelmét király beszédének,

왕은 술을 한 모금 마시고 헛기침한 뒤,
마침내 고요를 깨고 이렇게 말했지.

"내 딸을 구한 용사여,
먼저 이름이 무엇인지 말해보게."
"쿠코리처 연치가 저의 자랑스러운 이름입니다.
약간 촌스럽긴 하지만, 부끄럽지 않습니다."

쿠코리처 연치가 이렇게 대답하자,
왕이 말했어.
"자네에게 새로운 이름을 내리겠다.
오늘부터 자네는 용사 야노시이다.

용사 야노시, 이제 내 말을 듣게.
사랑하는 내 딸을 구해냈으니,
그 아이를 자네 아내로 맞게.
내 딸의 짝이 되어, 둘이서 나의 왕좌를 이어받게.

나는 오랫동안 왕좌에 앉아 있었네.
그러면서 나이가 들었고, 노쇠했어.
이제는 왕의 책무가 너무 힘겹군.
그래서 나는 물러나려고 하네.

자네 머리 위에 빛나는 왕관을 씌워주겠네.
빛나는 이 왕관을 넘기면서 유일하게 바라는 것은,
내가 남은 여생을 보낼 수 있도록
이 성안의 방 한 칸을 내어달라는 것뿐."

왕의 말을 듣고,
헝가리 군인들은 크게 놀랐어.

Aki egyet ivott, azután köhhentett,
S végre ily szavakkal törte meg a csendet:

"Mindenekelőtt is mondd meg a nevedet,
Bátor vitéz, aki lyányom megmentetted."
"Kukoricza Jancsi becsületes nevem:
Egy kicsit parasztos, de én nem szégyenlem."

Kukoricza Jancsi ekképen felele,
Azután a király ily szót váltott vele:
"Én a te nevedet másnak keresztelem,
Mától fogva neved János vitéz legyen.

Derék János vitéz halld most beszédemet:
Minthogy megmentetted kedves gyermekemet,
Vedd el feleségül, legyen ő a tied,
És vele foglald el királyi székemet.

A királyi széken én sokáig ültem,
Rajta megvénültem, rajta megőszültem.
Nehezek nekem már a királyi gondok,
Annakokáért én azokról lemondok.

Homlokodra teszem a fényes koronát,
Fényes koronámért nem is kívánok mást,
Csak hogy e várban egy szobát rendelj nékem,
Melyben hátralevő napjaimat éljem."

A király szavai ím ezek valának,
Nagy csodálkozással hallák a huszárok.

그러나 용사 야노시는 왕의 간곡한 부탁에
겸손한 목소리로 이렇게 대답했지.

"전하가 베풀어주신 은혜에 감사드립니다.
그러나 저는 그 마음을 받을 자격이 없습니다.
또한 그 제안을
받아들일 수 없음을 아뢰어야만 합니다.

제가 왜 그럴 수밖에 없는지
설명하려면 긴 이야기가 될 겁니다.
여러분을 지루하게 만들까봐 걱정됩니다.
다른 이들을 불편하게 만들고 싶지는 않습니다."

"괜찮으니 말해보게. 자, 들어보자.
그대는 걱정할 필요 없다."
프랑스 왕이 그에게 청했고,
용사 야노시는 그동안 있었던 일을 모두 이야기하기 시작했어.

14
•

"어디서부터 시작해야 할까요?… 제일 먼저
제 이름이 왜 쿠코리처인지 말씀드릴까요?
저는 옥수수밭에서 발견되었고,
그래서 쿠코리처(옥수수)라는 이름을 갖게 되었습니다.

어떤 목장의 마음씨 고운 부인이
—제가 여러 번 들은 이야기이지만—
한번은 옥수수밭에 나갔다가,
이랑 사이에서 저를 발견했습니다.

János vitéz pedig e szíves beszédet
Alázatos hangon ekkép köszöné meg:

"Köszönöm szépen a kelmed jó'karatját,
Amely reám nézve nem érdemlett jóság;
Egyszersmind azt is ki kell nyilatkoztatnom,
Hogy én e jóságot el nem fogadhatom.

Hosszú históriát kéne elbeszélnem,
Miért e jósággal lehetetlen élnem;
De attól tartok, hogy megunnák kelmetek;
S én másnak terhére lenni nem szeretek."

"De csak beszélj, fiam, meghallgatjuk biz azt;
Hiábavalóság, ami téged aggaszt."
Igy biztatta őt a jó francia király,
S János vitéz beszélt, amint itt írva áll:

14
·

"Hogy is kezdjem csak hát?... Mindennek előtte
Hogyan tettem szert a Kukoricza névre?
Kukorica között találtak engemet,
Ugy ruházták rám a Kukoricza nevet.

Egy gazdaember jólelkü felesége
– Amint ő nekem ezt sokszor elmesélte –
Egyszer kinézett a kukoricaföldre,
S ott egy barázdában lelt engem heverve.

악을 쓰며 우는 제 처지가 안타까워,

저를 내버려두지 않고 안아들었죠.

그리고 집에 돌아오며 이런 생각을 했습니다.

'나에게는 자식이 없으니, 이 가여운 애를 키워야지.'

허나 그분의 남편은 성질이 고약한 사람이라,

저를 눈엣가시처럼 여겼습니다.

제가 집에 있는 것을 보기만 하면,

갖은 욕을 퍼부었습니다.

착한 부인은 이런 말로 남편을 진정시켰지요.

'그만하고 화를 풀어요.

이 아이를 죽게 놔둘 수는 없었어요.

그랬다면 어떻게 하느님께 용서받을 수 있겠어요?

이 아이는 우리 집에 도움이 될 거예요,

당신은 황소와 양이 자라는 목장의 주인이잖아요.

이 가여운 아이가 조금만 더 크면,

양치기 대신 양을 칠 테니, 품삯을 아낄 수 있을 거예요.'

결국 주인은 마지못해 허락하긴 했지만,

한 번도 저를 고운 눈으로 쳐다보지 않았습니다.

제가 일하는 게 마음에 들지 않으면,

흠씬 매질을 했지요.

저는 이렇게 늘 일하고 매맞으면서 성장했습니다.

제게 기쁨을 주는 일은 거의 없었지요.

저의 유일한 기쁨은,

바로 마을의 한 예쁜 금발 소녀였습니다.

Szörnyen sikítottam, sorsomat megszánta,
Nem hagyott a földön, felvett a karjára,
És hazafelé ezt gondolta mentiben:
"Fölnevelem szegényt, hisz ugy sincs gyermekem."

Hanem volt ám neki haragos vad férje,
Akinek én sehogy sem voltam ínyére.
Hej, amikor engem az ottan meglátott,
Ugyancsak járták a cifra káromlások.

Engesztelte a jó asszony ily szavakkal:
"Hagyjon kend föl, apjok, azzal a haraggal.
Hiszen ott kinn csak nem hagyhattam vesztére,
Tarthatnék-e számot isten kegyelmére?

Aztán nem lesz ez a háznál haszontalan,
Kednek gazdasága, ökre és juha van,
Ha felcsuporodik a kis istenadta,
Nem kell kednek bérest, juhászt fogadnia."

Valahogy, valahogy csakugyan engedett;
De azért rám soha jó szemet nem vetett.
Hogyha nem ment a dolgom maga rendiben,
Meg-meghusángolt ő amugy istenesen.

Munka s ütleg között ekkép nevelkedtem,
Részesültem nagyon kevés örömekben;
Az egész örömem csak annyiból állott,
Hogy a faluban egy szép kis szőke lyány volt.

그녀는 일찍 엄마를 잃었고,
그녀의 아버지는 새 부인을 얻었습니다.
그런데 얼마 뒤에 아버지마저 돌아가셨고,
그녀는 새어머니의 손에 남겨지고 말았지요.

이 작은 소녀가 저의 기쁨이었습니다,
가시밭 같은 제 인생에 핀 유일한 장미였습니다.
저는 진심으로 그녀를 사랑했고, 그녀에게 감탄했지요!
사람들은 저희를 마을의 고아라고 불렀습니다.

어린 시절 저는 그녀가 지나가는 걸 보기 위해,
누가 맛있는 걸 준다고 해도 눈길을 돌리지 않았습니다.
일요일이 돌아와, 그녀와 다른 아이들과
함께 어울려 놀 때면 정말 기뻤지요.

그러다가 마침내 저는 청년이 되었고,
제 가슴은 두근두근 쿵쿵거리기 시작했습니다!
그녀와 입을 맞추었을 때, 저의 마음속에는
다른 것이 비집고 들어올 틈이 없었습니다.

새어머니는 항상 그녀를 괴롭혔습니다…
하느님, 그 사람을 절대 용서하지 마소서!
제가 경고하지 않았더라면,
일루시커에게 무슨 짓을 했을지, 아무도 모를 겁니다.

제 운명 역시 꼬여갔습니다,
착한 부인이 돌아가시고 만 겁니다.
저를 발견하신 바로 그 부인,
제가 어머니처럼 생각하던 그 부인이.

Ennek édesanyja jókor a síré lett,
Édesapja pedig vett más feleséget;
Hanem az apja is elhalt nemsokára,
Így jutott egyedűl mostohaanyjára.

Ez a kis leányzó volt az én örömem,
Az egyetlen rózsa tüskés életemen.
Be tudtam is őt szeretni, csodálni!
Ugy hítak minket, hogy: a falu árvái.

Már gyerekkoromban hogyha őt láthattam,
Egy turós lepényért látását nem adtam;
Örültem is, mikor a vasárnap eljött,
És vele játszhattam a gyerekek között.

Hát mikor még aztán sihederré lettem,
S izegni-mozogni elkezdett a szívem!
Csak úgyis voltam ám, mikor megcsókoltam,
Hogy a világ összedőlhetett miattam.

Sokszor megbántotta gonosz mostohája...
Isten neki azt soha meg ne bocsássa!
És ki tudja, még mit el nem követ rajta,
Ha fenyegetésem zabolán nem tartja.

Magamnak is ugyan kutyául lett dolga,
Belefektettük a jó asszonyt a sírba,
Aki engem talált, és aki, mondhatom,
Mint tulajdon anyám, úgy viselte gondom.

저는 마음이 단단해서,
살아오는 동안 눈물을 흘린 적이 많지 않습니다.
그러나 저를 키워주신 어머니를 묻으며
폭포수처럼 눈물을 쏟았습니다.

금발의 아름다운 소녀 일루시커도
슬픔을 이기지 못해 서럽게 울음을 터트렸습니다.
어찌 안 그러겠습니까? 돌아가신 부인은
크나큰 사랑으로 저를 아껴주었으니까요.

부인은 여러 번 말했지요. '조금만 기다려!
너희 둘이 꼭 결혼할 수 있게 내가 도와줄게.
너희는 누구보다도 멋진 한 쌍이 될 거야!
…조금만 기다리렴, 얘들아, 조금만 기다려!'

그 기다림의 시간은 점점 더 괴로워졌습니다.
어쨌든 부인은 그렇게 해주셨을 겁니다, 분명 그랬을 겁니다,
(언제나 약속을 지키는 분이셨으니까요)
땅속 깊이 묻히지 않으셨다면.

그 후, 그분이 돌아가시고 난 뒤,
우리의 희망은 산산조각 나고 말았습니다.
우리는 절망에 빠졌지만
그래도 이전처럼 서로를 사랑했습니다.

하지만 하느님께는 다른 계획이 있어,
저희 가슴에 작은 기쁨도 허락하지 않으셨습니다.
어느 날 제가 양을 잃어버리는 일이 벌어지는 바람에
주인에게 내쫓겼으니까요.

Kemény az én szívem, teljes életemben
Nem sokszor esett meg, hogy könnyet ejtettem,
De nevelőanyám sírjának halmára
Hullottak könnyeim zápornak módjára.

Iluska is, az a szép kis szőke leány,
Nem tettetett bútól fakadt sírva halmán;
Hogyne? az istenben boldogult jó lélek'
Kedvezett, amiben lehetett, szegénynek.

Nem egyszer mondta, hogy: "várakozzatok csak!
Én még benneteket összeházasítlak;
Olyan pár válik is ám tibelőletek,
Hogy még!... várjatok csak, várjatok, gyerekek!"

Hát hiszen vártunk is egyre keservesen;
Meg is tette volna, hiszem az egy istent,
(Mert szavának állott ő minden időbe')
Ha le nem szállt volna a föld mélységébe.

Azután hát aztán, hogy meghalálozott,
A mi reménységünk végképp megszakadott:
Mindazonáltal a reménytelenségbe'
Ugy szerettük egymást, mint annakelőtte.

De az úristennek más volt akaratja,
Szívünknek ezt a bús örömet sem hagyta.
Egyszer én valahogy nyájam elszalasztám,
Annak következtén elcsapott a gazdám.

결국 저는 사랑하는 일루시커에게 이별을 고했고,
고통스러운 마음을 안고 길을 떠났지요.
그리고 세상 이곳저곳을 떠돌다가
마침내 군인이 되었습니다.

감히 말하지 못했습니다, 저의 일루시커에게,
다른 사람에게 마음을 주지 말라고.
그녀도 제게 자신만을 사랑하라고 말하지 않았습니다—
하지만 우리 마음이 변하지 않으리라는 걸 잘 알고 있었습니다.

그러니 아름다운 공주님께서는 저와의 결혼을 거두어주십시오.
사랑하는 일루시커를 아내로 맞을 수 없다면,
저는 어느 누구도 아내로 맞지 않을 겁니다,
제가 죽어 기억할 수 없더라도요.”

15
•

용사 야노시는 이야기를 마쳤고,
사람들의 마음은 감동으로 가득 차올랐지.
공주의 얼굴 위로 눈물이 하염없이 쏟아졌어,
슬픔과 안타까움의 눈물이.

왕이 야노시에게 말했어.
“그렇다면 자네에게 결혼을 강요하지 않겠네.
그러나 내가 감사의 표시로 하사하는 것은
부디 거절하지 말게.”

왕은 자기 보물 창고의 문을 열라고 명령했어.
그러자 한 청년이 앞으로 나왔어.

Búcsut mondtam az én édes Iluskámnak,

Keserű érzéssel mentem a világnak.

Bujdosva jártam a világot széltére,

Mígnem katonának csaptam föl végtére.

Nem mondtam én neki, az én Iluskámnak,

Hogy ne adja szivét soha senki másnak,

Ő sem mondta nekem, hogy hűséges legyek –

Tudtuk, hogy hűségünk ugysem szegjük mi meg.

Azért szép királylyány ne tarts reám számot;

Mert ha nem bírhatom kedves Iluskámat:

Nem is fogok bírni senkit e világon,

Ha elfelejtkezik is rólam halálom."

15

.

János vitéz ekkép végzé történetét,

Nem hagyta hidegen a hallgatók szivét;

A királylyány arcát mosta könnyhullatás,

Melynek kútfeje volt bánat s szánakozás.

A király e szókat intézte hozzája:

"Nem erőtetlek hát, fiam, házasságra;

Hanem amit nyujtok hálámnak fejében,

Elfogadását nem tagadod meg tőlem."

Erre kinyitotta kincstárát a király:

Parancsolatjára egy legény előáll,

그리고 제일 큰 자루에 금을 가득 채웠어.
야노시는 이렇게 많은 보물을 본 적이 없었지.

"내 딸을 구한 용사 야노시여."
왕이 말했어.
"자네에게 주는 상이네. 이 자루를 가져가
자네 약혼녀와 함께 행복하게 살게.

이곳에 머무르게 하고 싶지만, 자네는 남지 않겠지.
벌써 자네 마음은 사랑하는 사람 곁에 가 있을 터,
그러니 떠나도 좋다─하지만 자네 동료들은 남아
며칠 더 흥겨운 날을 보낼 것이다."

그는 프랑스 왕의 명령을 따랐어.
용사 야노시는 어서 사랑하는 사람 곁으로 가고 싶었지.
그는 공주와 다정하게 작별 인사를 나누었고,
바닷가로 가서 배에 올랐어.

왕과 헝가리 군인들이 그곳까지 와서 야노시를 배웅했어.
"잘 가게!" 그의 귀에 사람들이 외치는 인사말이 들렸지.
그들은 계속 그를 지켜보았어,
그의 모습이 저 멀리 안개 속으로 사라질 때까지.

16
•

용사 야노시를 싣고 출발한 배는
넓은 돛에 순풍을 받으며 나아갔어.
그러나 야노시의 생각은 배보다 더 빨랐어.
생각을 가로막는 건 아무것도 없었지.

S arannyal tölti meg a legnagyobb zsákot,
János ennyi kincset még csak nem is látott.

"Nos hát János vitéz, lyányom megmentője,"
Beszélt a király, "ez legyen tetted bére.
Vidd el mindenestül ezt a teli zsákot,
És boldogítsd vele magadat s mátkádat.

Tartóztatnálak, de tudom, nem maradnál,
Kivánkozol lenni máris galambodnál,
Eredj tehát-hanem társid maradjanak;
Éljenek itt néhány mulatságos napnak."

Ugy volt biz az, amint mondotta a király,
János vitéz kivánt lenni galambjánál.
Búcsuzott a királylyánytól érzékenyűl;
Aztán a tengerhez ment és gályára űlt.

A király s a sereg elkisérte oda.
Tőlök sok "szerencsés jó utat" hallhata,
S szemeikkel néztek mindaddig utána,
Míg a nagy messzeség ködöt nem vont rája.

16

.

Ment János vitézzel a megindult gálya,
Szélbe kapaszkodott széles vitorlája,
De sebesebben ment János gondolatja,
Utjában semmi sem akadályozhatta.

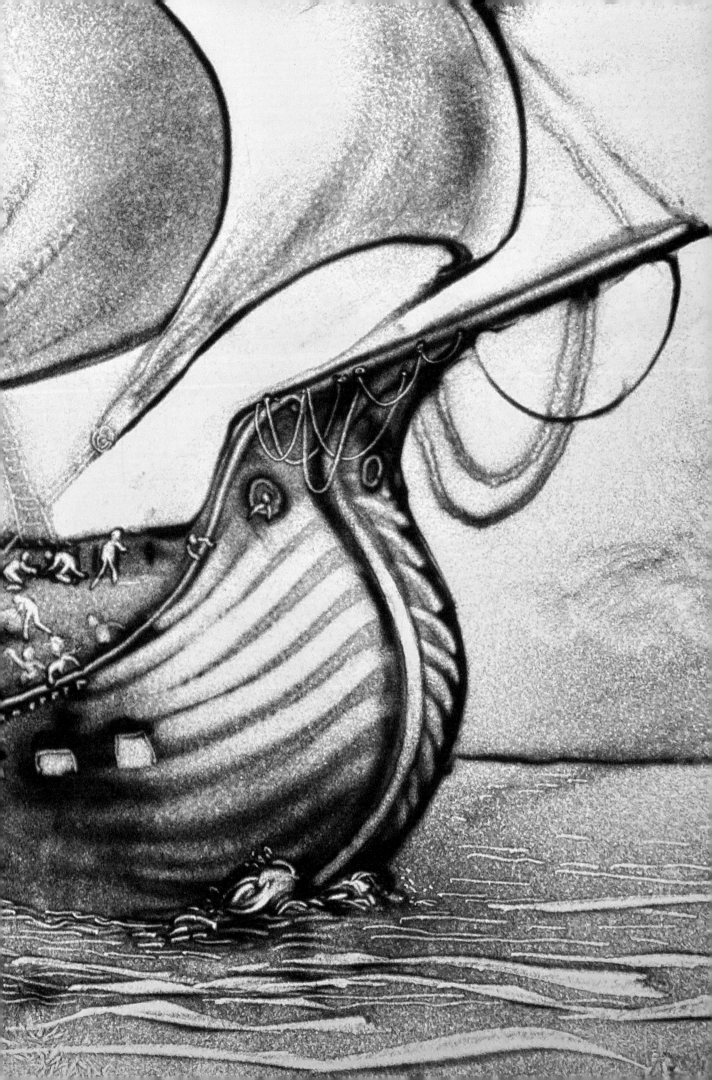

야노시는 생각했어.

'아, 일루시커, 내 영혼의 아름다운 천사!

너에게 어떤 기쁨이 주어질지 알고 있어?

내가 부자가 되어 보물을 가져가고 있어.

내가 가고 있어, 이제 우리 두 사람은

그 큰 고난을 뒤로하고 하나가 될 거야.

서로의 짝이 되어, 행복하고 부유해질 거야.

더는 누가 시키는 대로 하지 않을 거야.

주인도 나를 예전처럼 대하지 못할 거야.

오히려 나는 주인이 한 모든 행동을 용서할 거야.

사실 그분 덕에 내가 행운을 얻은 것이니.

집에 도착하자마자, 그분께 선물을 드려야지.'

야노시는 배가 빠르게 나아가는 동안에도,

이렇게 수많은 생각에 빠져 있었어.

그러나 아름다운 헝가리까지는 한참을 더 가야 했어.

프랑스는 헝가리와 멀리 떨어져 있었으니까.

한번은 저녁놀이 질 때 용사 야노시가

갑판 위를 이리저리 거닐고 있었어.

선장이 선원들에게 이렇게 말했어.

"수평선이 붉으니, 곧 바람이 불겠군."

용사 야노시는 그 말을 귀담아듣지 않았어.

그의 머리 위로 황새 한 무리가 날아갔지.

어느새 가을이었어.

새들은 분명 그의 고향에서 날아왔겠지.

János gondolatja ilyenforma vala:
"Hej Iluskám, lelkem szépséges angyala!
Sejted-e te mostan, milyen öröm vár rád?
Hogy hazatart kinccsel bővelkedő mátkád.

Hazatartok én, hogy végre valahára
Sok küszködés után legyünk egymás párja.
Egymás párja leszünk, boldogok, gazdagok;
Senki fiára is többé nem szorulok.

Gazduram ugyan nem legszebben bánt velem;
Hanem én őneki mindazt elengedem.
S igazság szerint ő oka szerencsémnek:
Meg is jutalmazom, mihelyt hazaérek."

Ezt gondolta János s több ízben gondolta,
Mialatt a gálya ment sebes haladva;
De jó messze volt még szép Magyarországtól,
Mert Franciaország esik tőle távol.

Egyszer János vitéz a hajófödélen
Sétált föl s alá az est szürkületében.
A kormányos ekkép szólt legényeihez:
"Piros az ég alja: aligha szél nem lesz."

Hanem János vitéz nem figyelt a szóra,
Feje fölött repült egy nagy sereg gólya;
Őszre járt az idő: ezek a madarak
Bizonyosan szülőföldéről szálltanak.

그는 아련한 향수에 젖어 새들을 바라보았어,
그들이 좋은 소식을 전해주기라도 하는 듯이.
일루시커, 아름다운 일루시커의 좋은 소식을,
오랫동안 떠나 있던 사랑해 마지않는 조국의 기쁜 소식을.

17
•

다음 날, 수평선이 예고한 대로
바람이 몰아쳤어. 절대 약하지 않은 바람이었지.
바다의 거친 물결이 쏴쏴 소리를 냈어.
무시무시한 바람의 채찍이 내리쳤어.

뱃사람들은 완전히 겁에 질렸어.
그렇게 거친 폭풍우 앞에서는 누구라도 그러하듯.
모든 노력을 기울여보았지만,
벗어날 방법은 어디에도 없었어.

검은 구름이 몰려오더니 하늘을 뒤덮었어.
갑자기 구름끼리 부딪치며 우르르 쾅쾅 소리가 들리더니,
번개가 지그재그로 내려와 사방을 내리쳤어.
번개 한 줄기가 번쩍하는 순간 배는 산산조각 났지.

여기저기 배의 파편이 떠다녔고,
바다는 죽은 사람을 사납게 잡아채갔어.
용사 야노시의 운명은 어떻게 되었을까?
무자비한 물거품이 그도 집어삼켰을까?

그도 거의 죽기 일보 직전이었어.
그런데 하늘이 구원의 손길을 내밀었어.

Szelíd epedéssel tekintett utánok,

Mintha azok neki jó hírt mondanának,

Jó hírt Iluskáról, szép Iluskájáról,

S oly régen nem látott kedves hazájáról.

17

.

Másnap, amint az ég alja jövendölte,

Csakugyan szél támadt, mégpedig nem gyönge.

Zokogott a tenger hánykodó hulláma

A zugó fergeteg korbácsolására.

Volt a hajó népe nagy megijedésben,

Amint szokott lenni olyan vad szélvészben.

Hiába volt minden erőmegfeszítés,

Nem látszott sehonnan érkezni menekvés.

Sötét felhő is jön; a világ elborúl,

Egyszerre megdördül az égiháború,

Villámok cikáznak, hullnak szanaszerte;

Egy villám a hajót izről porrá törte.

Látszik a hajónak diribje-darabja,

A holttesteket a tenger elsodorja.

Hát János vitéznek milyetén sors jutott?

Őt is elsodorták a lelketlen habok?

Hej biz a haláltól ő sem volt már messze,

De mentő kezét az ég kiterjesztette,

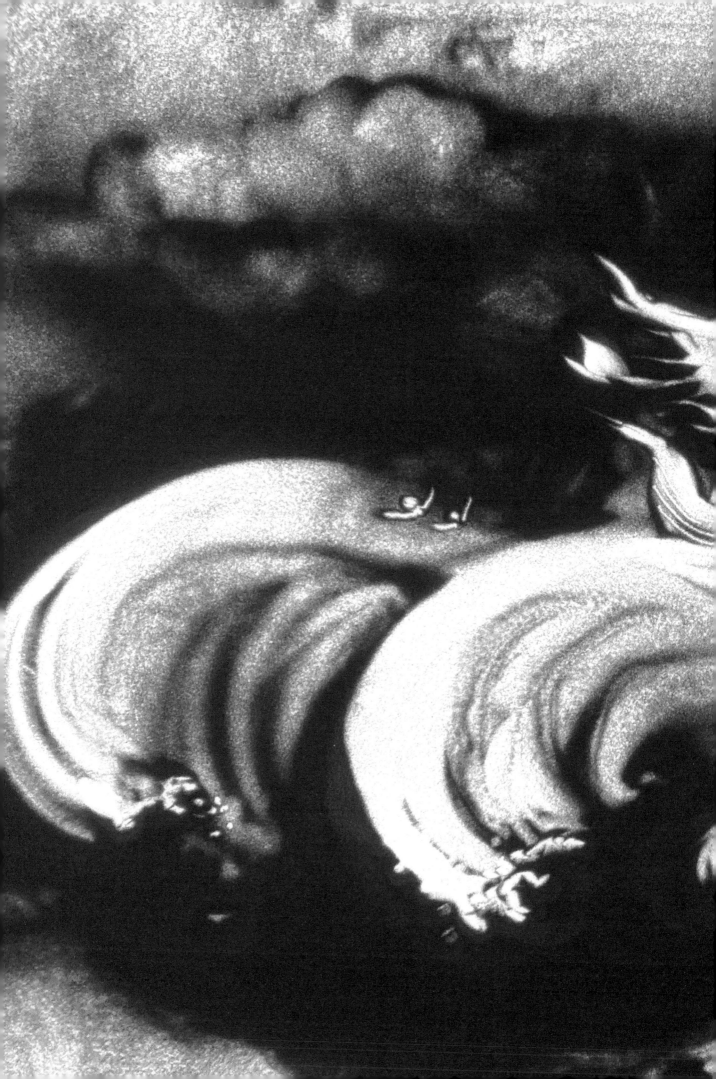

놀라운 방법으로 그를 살려냈지,
그가 물에 빠져 죽지 않도록.

물이 그를 위로, 위로 들어올렸어,
순식간에 구름 가장자리에 닿을 정도로.
그 순간 용사 야노시는 두 손으로
얼른 구름을 꽉 붙들었어.

야노시가 꽉 붙잡자, 구름도 그를 밀어내지 않았어.
그는 온 힘을 다해 구름에 매달려 있었어,
구름이 해안가에 다다를 때까지.
그 후 그는 높은 산 절벽 꼭대기에 발을 내디뎠어.

그리고 제일 먼저 하느님께 감사드렸지,
목숨을 구해주셨음에.
잃어버린 보물 따위는 생각도 하지 않았어.
보물과 함께 자신의 목숨을 가져가지 않으셨으니.

그런 다음 야노시는 절벽 위에서 여기저기 둘러보았지.
그리핀**의 둥지 외에는 아무것도 보이지 않았어.
막 새끼들에게 먹이를 주는 그리핀을 보면서,
야노시의 머리에 무언가가 떠올랐어.

그는 소리 없이 천천히 둥지로 다가갔고,
재빨리 그리핀 위로 펄쩍 뛰어올랐지.
날카로운 박차로 새의 옆구리를 차자,
당황한 새는 산과 계곡을 넘어 날아갔어.

새가 목과 머리를 흔들어 그를 떨어뜨릴 수 있었다면,
그렇게 할 수 있었다면, 당연히 떨어뜨렸을 거야.

S csodálatos módon szabadította meg,
Hogy koporsója a habok ne legyenek.

Ragadta őt a víz magasra, magasra,
Hogy tetejét érte már a felhő rojtja;
Ekkor János vitéz nagy hirtelenséggel
Megkapta a felhőt mind a két kezével.

Belekapaszkodott, el sem szalasztotta,
S nagy erőlködéssel addig függött rajta,
Mígnem a felhő a tengerparthoz ére,
Itten rálépett egy szikla tetejére.

Először is hálát adott az istennek,
Hogy életét ekkép szabadította meg;
Nem gondolt vele, hogy kincsét elvesztette,
Csakhogy el nem veszett a kinccsel élete.

Azután a szikla tetején szétnézett,
Nem látott mást, csupán egy grifmadár-fészket.
A grifmadár épen fiait etette,
Jánosnak valami jutott az eszébe.

Odalopózkodott a fészekhez lassan
És a grifmadárra hirtelen rápattan,
Oldalába vágja hegyes sarkantyúját,
S furcsa paripája hegyen-völgyön túlszállt.

Hányta volna le a madár nyakra-főre,
Lehányta volna ám, ha bírt volna véle,

그러나 그럴 수 없었어,
야노시가 새의 허리와 목에 찰싹 붙어 있었거든.

몇 나라를 지났는지는 신만이 아실 거야.
해가 하늘에 떠오르려는 순간,
갑자기 여명의 첫 햇살이
마을 탑을 똑바로 비추었어.

하느님! 야노시는 너무 기쁜 나머지
눈물이 차올랐어.
그리핀 역시 완전히 기진맥진해 있었기에
땅을 향하여 점점 아래로 내려왔지.

드디어 새는 어느 언덕 정상에 내려앉았어.
가여운 새는 거의 움직이지 못했어.
야노시는 땅에 발을 딛고 새를 놓아주었어.
그리고 걸었지, 깊은 생각에 잠긴 채.

'금도, 보물도 가져오지 못했어.
하지만 오랫동안 지켜온 신실한 마음은 가져왔어.
소중하고 아름다운 일루시커, 너에게는 그것만으로도 충분할 거야!
역경 속에서도 너 역시 나를 기다리고 있다는 걸 알아.'

그가 이런 생각을 하면서 마을 어귀에 다다랐을 때,
마차가 덜컹거리는 소리가 귓전에 울렸어.
마차가 덜컹대고, 통이 울렸지.
마을 사람들이 포도 수확을 준비하고 있었던 거야.

그는 포도 따러 가는 사람을 눈여겨보지 않았고,
사람들도 고향에 도착한 그를 알아보지 못했어.

Csakhogy János vitéz nem engedte magát.

Jól átszorította derekát és nyakát.

Ment, tudj' az isten hány országon keresztül;

Egyszer, hogy épen a nap az égre kerül:

Hát a viradatnak legelső sugára

Rásütött egyenest faluja tornyára.

Szent isten! hogy örült ennek János vitéz,

Az öröm szemébe könnycseppeket idéz;

A madár is, mivel szörnyen elfáradt már,

Vele a föld felé mindinkább közel jár.

Le is szállott végre egy halom tetején,

Alig tudott venni lélekzetet szegény,

János leszállt róla és magára hagyta,

És ment, elmerülve mély gondolatokba.

"Nem hozok aranyat, nem hozok kincseket,

De meghozom régi hűséges szívemet,

És ez elég neked, drága szép Iluskám!

Tudom, hogy nehezen vársz te is már reám."

Ily gondolatokkal ért a faluvégre,

Érintette fülét kocsiknak zörgése,

Kocsiknak zörgése, hordóknak kongása;

Szüretre készült a falu lakossága.

Nem figyelmezett ő szüretre menőkre,

Azok sem ismertek a megérkezőre;

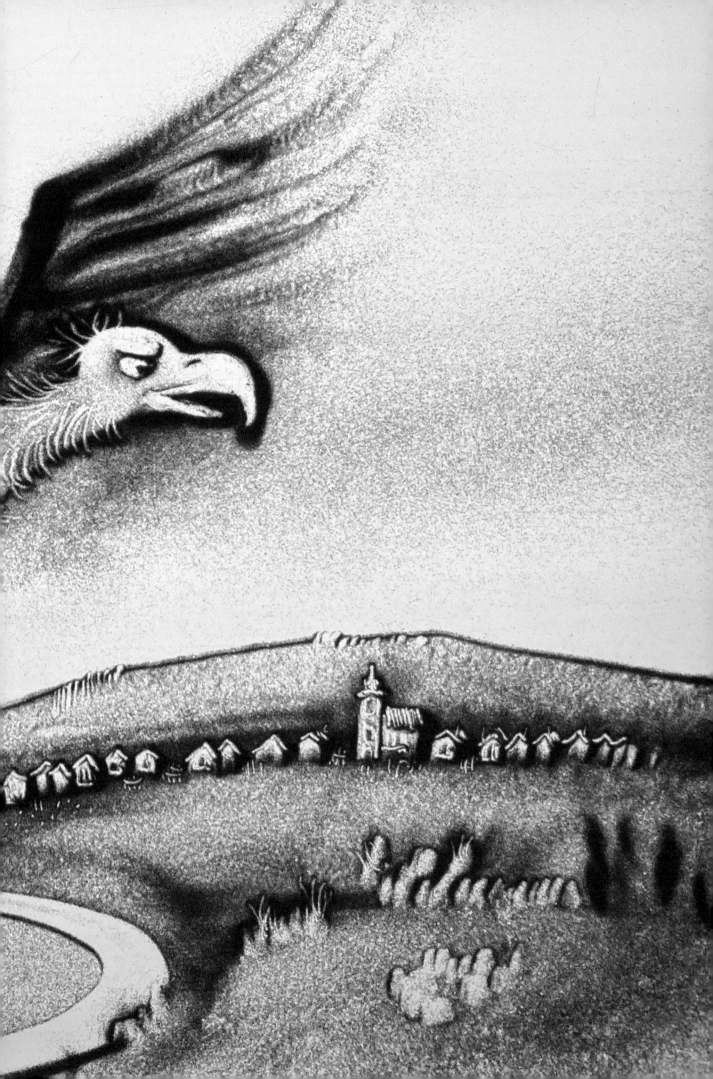

그는 서둘러 마을을 가로질러 갔어,
일루시커가 살고 있는 집을 향하여.

현관문을 두드리려 하는데 손이 떨렸어.
심장박동이 거의 멈춘 것 같았어.
마침내 그는 문을 열었어―그런데 그곳에는
일루시커가 아닌 낯선 사람이 있었어.

'집을 잘못 찾아왔군.' 야노시는 생각했어.
그리고 다시 문의 손잡이를 잡으려는데…
작고 말쑥한 여인이 다정하게 물었어.
"누굴 찾아오셨나요?"

야노시는 누구를 왜 찾는지 말했지…
"세상에, 얼굴이 햇빛에 너무 많이 그을려서
당신을 전혀 알아보지 못했어요!"
여인이 깜짝 놀라며 말했어.

"자, 안으로 들어오세요. 하느님 감사합니다.
자세한 이야기는 안에서 해드릴게요."
그녀는 야노시를 안으로 데려가 팔걸이의자에 앉게 했어.
그리고 그의 옆에서 다시 이야기를 이어갔지.

"절 알아보시겠어요? 아마 못 알아보시겠지요?
저는 옆집에 살던 어린아이예요,
일루시커의 집에 자주 들렀던…"
"그보다, 일루시커는 어디 있죠? 그것부터 말해주세요."

야노시가 여인의 말을 자르고 물었어.
여인의 눈이 눈물로 뿌예졌지.

A falu hosszában ekképen haladott
A ház felé, ahol Iluskája lakott.

A pitvarajtónál be reszketett keze,
S mellében csakhogy el nem állt lélekzete;
Benyitott végtére-de Iluska helyett
Látott a pitvarban idegen népeket.

"Tán rosz helyen járok" gondolta magában,
És a kilincs megint volt már a markában...
"Kit keres kegyelmed?" nyájasan kérdezte
János vitézt egy kis takaros menyecske.

Elmondotta János, hogy kit és mit keres...
"Jaj, eszem a szívét, a naptól oly veres!
Bizony-bizony alighogy reáismértem,"
Szólott a menyecske meglepetésében.

"Jőjön be már no, hogy az isten áldja meg,
Odabenn majd aztán többet is beszélek."
Bevezette Jánost, karszékbe ültette,
S így folytatta ismét beszédét mellette:

"Ismer-e még engem? nem is ismer talán?
Tudja, én vagyok az a kis szomszédlány,
Itt Iluskáéknál gyakran megfordúltam..."
"Hanem hát beszéljen csak: Iluska hol van?"

Szavaiba vágott kérdezőleg János,
A menyecske szeme könnytől lett homályos.

"일루시커는 어디 있죠, 어디에 있나요?"
여인이 대답했어. "가여운 연치 아저씨!… 그분은 이 세상에 없어요."

정말 다행이었지, 그때 야노시가 서 있지 않고 의자에 앉아 있었던 게.
고통을 이기지 못해 쓰러질 수도 있었으니까.
가슴을 찢는 듯한 큰 고통에
그는 가슴을 부여잡을 뿐, 아무것도 하지 못했어.

그는 아무 말도 못하고 멍하니 앉아 있었지.
잠시 후 그는 꿈에서 깨어난 듯, 이렇게 말했어.
"사실대로 말해주세요, 결혼을 한 건가요?
죽은 것보다는 차라리 다른 이와 결혼한 게 나으니까요.

그러면 적어도 한 번은 볼 수 있을 텐데,
고통스럽지만 그녀를 볼 수 있어 행복할 텐데."
그러나 여인의 얼굴 표정을 보고,
그녀의 말이 거짓이 아니라는 걸 분명하게 알았지.

18
•

야노시는 탁자 위에 엎드렸어.
눈물이 줄줄 흘렀지.
말도 제대로 할 수 없어, 간신히 이렇게만 내뱉었어.
엄청난 고통에 그의 목소리가 갈라졌지.

"왜 난 전쟁의 굉음 속에서 죽지 않았을까?
왜 바다에서 내 무덤을 찾지 못했을까?
왜, 도대체 왜 이 세상에 태어난 걸까, 왜?
하늘의 번개와 고통이 이렇게 휘몰아치는데?"

"Hol van Iluska, hol?" felelt a menyecske,
"Szegény Jancsi bácsi!... hát el van temetve."

Jó, hogy nem állt János, hanem ült a széken,
Mert lerogyott volna kínos érzésében;
Nem tudott mást tenni, a szívéhez kapott,
Mintha ki akarná tépni a bánatot.

Igy ült egy darabig némán merevedve,
Azután szólt, mintha álmából ébredne:
"Mondjatok igazat, ugye hogy férjhez ment?
Inkább legyen férjnél, mintsem hogy odalent.

Akkor legalább még egyszer megláthatom,
S édes lesz nekem e keserű jutalom."
De a menyecskének orcáján láthatta,
Hogy nem volt hazugság előbbi szózata.

18
.

János reáborult az asztal sarkára,
S megeredt könnyének bőséges forrása,
Amit mondott, csak úgy töredezve mondta,
El-elakadt a nagy fájdalomtól hangja:

"Miért nem estem el háború zajában?
Miért a tengerben sírom nem találtam?
Miért, miért lettem e világra, miért?
Ha ily mennykőcsapás, ilyen gyötrelem ért!"

너무나 큰 고통에 야노시는 더 이상 슬퍼할 수 없을 정도로 탈진했어,
힘든 일을 한 뒤에 손가락 하나 까딱하지 못하듯.
"내가 사랑하는 그 여인은 어떻게 죽었나요? 대체 어쩌다 죽은 거요?"
그의 질문에 여인이 대답했어.

"가엾은 그녀에게 슬픈 일이 수없이 벌어졌어요.
못된 새어머니의 매질에 그녀는 무너지고 말았어요.
하지만 그 고약한 사람도 결국에는 벌을 받았죠.
굶주리다 거지가 되었어요.

일루시커는 죽기 전에 당신 이야기를 자주 했어요,
연치 아저씨, 마지막에 일루시커는 이렇게 말했어요.
'내 사랑 연치, 하느님이 축복해주시길 기도할게,
여전히 날 사랑한다면, 저세상에서라도 너의 아내가 될게.'

이 말을 하고 그녀는 숨을 거두었어요.
무덤은 여기서 멀지 않아요.
마을 사람 여럿이 그녀의 장례 행렬을 뒤따랐어요.
모두 그녀를 위해 눈물을 흘렸어요."

착한 여인은 야노시의 부탁에
그를 일루시커의 무덤으로 데려갔어.
그리고 그를 혼자 남겨두고 자리를 떴어.
그는 사랑하는 이의 무덤 앞에 털썩 쓰러졌어.

야노시는 행복했던 옛 시간을 되새겼어,
일루시커의 순수한 마음이 불타오르던 그때를.
그녀의 가슴과 얼굴이—이제는 차가운 땅속에서
메마른 채, 차갑게 얼어 있을 거라는 생각이 들었지.

Kifáradt végre őt kínozni fájdalma,
Mintha munkájában elszenderült volna,
"Hogy halt meg galambom? mi baj lett halála?"
Kérdé, s a menyecske ezt felelte rája:

"Sok baja volt biz a szegény teremtésnek;
Kivált mostohája kinzása töré meg.
De meg is lakolt ám érte a rosz pára,
Mert jutott inséges koldusok botjára.

Aztán meg magát is szörnyen emlegette,
Jancsi bácsi; ez volt végső lehellete:
Jancsikám, Jancsikám, az isten áldjon meg.
Másvilágon, ha még szeretsz, tied leszek.

Ezek után kimult az árnyékvilágból;
A temetőhelye nincsen innen távol.
A falu népsége nagy számmal kisérte;
Minden kisérője könnyet ejtett érte."

Kérelemszavára a szíves menyecske
Jánost Iluskája sírjához vezette;
Ottan vezetője őt magára hagyta,
Lankadtan borúlt a kedves sírhalomra.

Végiggondolta a régi szép időket,
Mikor még Iluska tiszta szive égett,
Szíve és orcája-s most a hideg földben
Hervadtan, hidegen vannak mind a ketten.

저녁놀이 서서히 사라지고 있었어.

해가 있던 자리에 창백한 달이 떠올랐고,

음울한 가을의 어둠이 깔리자,

야노시는 비틀거리며 사랑하는 여인의 무덤을 떠나갔어.

그러다 홀연히 그곳으로 되돌아왔어.

무덤 위에는 작고 수수한 장미 덩굴이 자라고 있었어.

그는 덩굴에서 장미 한 송이를 꺾은 다음,

그곳을 떠나가며 혼잣말을 했어.

"일루시커의 몸에서 피어난 가엾은 작은 꽃이여,

나의 유랑 길에 동행이 되어다오.

나는 떠돌고 떠돌 것이다, 이 세상 끝까지,

내가 바라 마지않는 죽음의 그날이 올 때까지."

19

•

용사 야노시의 유랑에는 두 동료가 동행했어.

하나는 가슴을 후벼 파는 슬픔이었고,

다른 하나는 칼집에 꽂혀 있는 칼이었지.

칼날에 묻어 있던 튀르크군의 피에 칼은 점점 녹슬어갔어.

그는 정처 없이 떠돌았어.

달은 수없이 차올랐다 기울며 변해갔지.

어느덧 겨울의 대지는 아름다운 봄옷으로 갈아입었어.

그는 마음속을 가득 메운 슬픔을 이렇게 털어놓았어.

"영원 같은 이 슬픔의 나날이 언제 아무렇지 않게 느껴질까,

너, 고통 속에서 계속되는 슬픔이여!

Leáldozott a nap piros verőfénye,
Halovány hold lépett a napnak helyébe,
Szomorún nézett ki az őszi homályból,
János eltántorgott kedvese hantjától.

Még egyszer visszatért. A sírhalom felett
Egyszerű kis rózsabokor nevelkedett.
Leszakította a virágszálat róla,
Elindult s mentében magában így szóla:

"Ki porából nőttél, árva kis virágszál,
Légy hűséges társam vándorlásaimnál;
Vándorlok, vándorlok, a világ végeig,
Míg kivánt halálom napja megérkezik."

19

•

János vitéznek volt utjában két társa:
Egyik a búbánat, amely szívét rágta,
Másik a kardja volt, bedugva hüvelybe,
Ezt a török vértől rozsda emésztette.

Bizonytalan úton ezekkel vándorolt.
Már sokszor telt s fogyott a változékony hold,
S váltott a téli föld szép tavaszi ruhát,
Mikor így szólítá meg szíve bánatát:

"Mikor unod már meg örökös munkádat,
Te a kínozásban telhetetlen bánat!

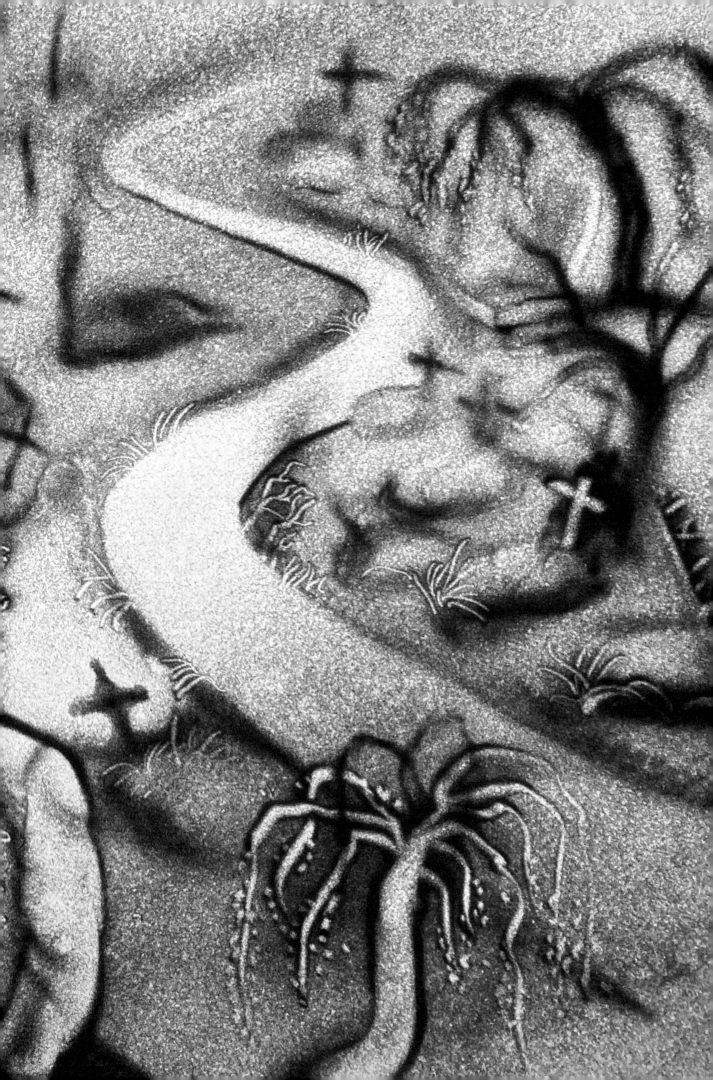

여기에 머물러도 소용없다, 나를 죽일 수 없을 테니.

다른 곳으로 떠나라, 머무를 더 좋은 장소를 찾아서.

네가 나를 죽일 수 없다는 걸, 난 알고 있어.

나를 죽이려면 다른 방법을 찾아야 할 것이다.

나는 다른 곳을 향해 돌아설 것이다, 시련들이여!

어쩌면 너희는 내가 고대하는 죽음을 가져다주겠지."

그런 다음 그는 슬픔을 던져버렸어.

그 후 슬픔은 아주 가끔 그의 마음에 돌아왔지만,

금세 자취를 감추었어.

(그의 마음은 닫혀 있어, 속눈썹에 눈물 한 방울만 맺히게 했을 뿐.)

그러다가 마침내 눈물도 말라버렸어.

그는 죽지 못해 살아갈 뿐이었어.

길을 떠돌다 어느덧 어두운 숲속으로 들어섰고,

바로 그 순간 마차를 발견했어.

그것은 도공의 마차였어.

진흙탕에 바퀴 축까지 푹 빠져 있었어.

도공은 가여운 말들을 세차게 채찍질했지만,

마차는 꼼짝도 하지 않았어.

"안녕하십니까." 용사 야노시가 인사했어.

도공은 무례하게 야노시의 두 눈을 쏘아보았어.

그러고는 씩씩대며 말했지.

"나에게 안녕이라… 악마한테나 안녕하라고 하시오."

"나나 당신이나 기분이 안 좋군요." 야노시가 대답했어.

"어떻게 기분이 좋을 수 있겠소? 이놈의 길이 여간 질퍽거려야지.

Ha nem tudsz megölni, ne gyötörj hiába;
Eredj máshova, tán akadsz jobb tanyára.

Látom, nem te vagy az, ki nekem halált hoz,
Látom, a halálért kell fordulnom máshoz.
Máshoz fordulok hát; ti viszontagságok!
Ohajtott halálom tán ti meghozzátok."

Ezeket gondolta s elhagyta bánatát.
Ez szívéhez vissza most már csak néha szállt,
Hanem ismét eltünt; (mert be volt az zárva,
S csak egy könnycseppet tett szeme pillájára.)

Utóbb a könnyel is végkép számot vetett,
Csupán magát vitte a megunt életet,
Vitte, vitte, vitte egy sötét erdőbe,
Ott szekeret látott, amint belelépe.

Fazekasé volt a szekér, melyet látott;
Kereke tengelyig a nagy sárba vágott;
Ütötte lovait a fazekas, szegény,
A szekér azt mondta: nem mozdulok biz én.

"Adj' isten jó napot" szólott János vitéz;
A fazekas rútul a szeme közé néz,
S nagy bosszankodással im ezeket mondja:
"Nem nekem... van biz az ördögnek jó napja."

"Be rosz kedvben vagyunk" felelt neki János.
"Hogyne? mikor ez az út olyan posványos.

아침부터 말을 재촉했는데,
땅에 가라앉은 듯 꼼짝도 않는구려."

"제가 도와드리지요… 하지만 그 전에 한 가지만 알려주십시오.
이 길은 어디로 이어지는 겁니까?"
용사 야노시가 한 길을 가리키며 물었어.
숲의 오른쪽으로 난 길이었지.

"이 길 말이오? 여기로는 가지 마시오.
다른 말은 하지 않겠소… 아주 이상한 곳으로 이어지니.
거인들이 살고 있는 곳이라오.
그곳에 갔다가 돌아온 사람은 아무도 없소."

용사 야노시가 대답했어. "저에게 맡기십시오.
자, 이제 마차를 살펴보겠습니다."
그는 이렇게 말하고 막대기 끝을 잡더니,
놀랍게도 마차를 진흙탕에서 빼냈어.

도공은 놀라 눈이 휘둥그레지고 입을 다물지 못했어.
지금까지 이렇게 놀란 적은 없었거든.
정신을 차리고 고맙다고 인사하는데,
이미 야노시는 숲속으로 사라진 후였어.

야노시는 얼마 지나지 않아
무시무시한 거인의 땅에 도착했어.
경계에는 시냇물이 세차게 흐르고 있었어.
시냇물이라기보다는 오히려 강에 가까웠어.

강가에는 거인 나라의 보초가 서 있었어.
보초는 용사 야노시를 보자마자

Nógatom lovamat már reggeltől kezdve;

De csak ugy van, mintha le volna enyvezve."

"Segíthetünk azon... de mondja meg kend csak,

Ezen az úton itt vajjon hova jutnak?"

Kérdé János vitéz egy útra mutatva,

Mely az erdőt jobbra végighasította.

"Ezen az úton itt? dejsz erre ne menjen,

Nem mondok egyebet;... odavesz különben.

Óriások lakják ott azt a vidéket,

Nem jött ki még onnan, aki odalépett."

Felelt János vitéz: "Bízza kend azt csak rám.

Mostan a szekérhez lássunk egymás után."

Így szólott, aztán a rúd végét megkapta,

S csak tréfamódra a sárból kiragadta.

Volt a fazekasnak jó nagy szeme, szája,

De mégis kicsiny volt az álmélkodásra;

Amire föleszmélt, hogy köszönjön szépen,

János vitéz már jól benn járt az erdőben.

János vitéz ment és elért nemsokára

Az óriásföldnek félelmes tájára.

Egy vágtató patak folyt a határ mellett:

Hanem folyónak is jóformán beillett.

A pataknál állt az óriásföld csősze;

Mikor János vitéz a szemébe néze,

머리를 쳐들었는데,
마치 탑의 꼭대기와 비슷했어.

야노시가 오는 모습을 본 거인 보초는
벽력같이 소리를 질렀어. 마치 천둥이 치는 것 같았지.
"내가 잘못 본 게 아니라면, 풀밭에 사람이 얼쩡거리는군.
거기 서라, 발이 근질근질하던 참인데 너를 밟아주마."

하지만 거인이 자신을 밟으려고 하는 순간,
야노시는 칼을 머리 위로 높이 들어올렸어.
칼에 찔린 거인은 비명을 질렀고,
발을 부여잡은 채 강물에 빠졌어.

'내가 바라던 대로, 놈이 쓰러졌군.'
용사 야노시는 생각했어.
그런 다음 서둘러 뛰기 시작했어.
그렇게 거인의 몸 위를 지나 강을 건넜지.

거인은 여전히 일어서지 못했고,
용사 야노시는 강 건너편에 도착했어.
그리고 땅에 발을 딛자마자 다시 검을 꺼내
거인의 목을 뎅강 베어버렸어.

거인 보초는 더 이상 일어서지 못했어.
조금 전까지 경계하며 지켜보던 곳을 바라보는데,
갑자기 그의 눈앞이 캄캄해졌어.
어둠이 지나가기를 기다렸으나 소용없었어.

시냇물이 보초의 몸 위로 흘러갔어.
물결은 피로 붉게 물들었지.

Oly magasra kellett emelnie fejét,
Mintha nézné holmi toronynak tetejét.

Óriások csősze őt érkezni látta.
S mintha mennykő volna, igy dörgött reája:
"Ha jól látom, ott a fűben ember mozog; –
Talpam úgyis viszket, várj, majd rád gázolok."

De az óriás amint rálépett volna,
János feje fölött kardját föltartotta,
Belelépett a nagy kamasz és elbődült,
S hogy lábát felkapta: a patakba szédült.

"Éppen úgy esett ez, amint csak kivántam."
János vitéznek ez járt gondolatában;
Amint ezt gondolta, szaladni is kezdett,
S az óriás felett átmente a vizet.

Az óriás még föl nem tápászkodhatott,
Amint János vitéz a túlpartra jutott,
Átjutott és nekisuhintva szablyáját,
Végigmetszette a csősz nyaka csigáját.

Nem kelt föl többé az óriások csősze,
Hogy a rábizott tájt őrző szemmel nézze;
Napfogyatkozás jött szeme világára,
Melynek elmulását hasztalanul várta.

Keresztülfutott a patak vize testén;
Veres lett hulláma vértől befestetvén. –

야노시에게 다가온 것은 행운일까 불행일까?
그 이야기는 앞으로 듣게 될 테니, 조금만 기다려.

20
•

야노시는 계속 숲속으로 걸어 들어갔어.
걷다가 놀라 여러 번 걸음을 멈추어야 했어.
앞으로 나아갈수록 거인 나라의
신기한 모습이 나타났거든.

이곳에는 우뚝 솟은 나무들이 많아,
나무 꼭대기가 보이지 않을 정도였어.
나뭇잎이 어찌나 큰지,
잎사귀 반쪽이 외투 크기만 했거든.

여기 모기는 얼마나 큰지,
다른 곳의 황소만 했어.
야노시의 검이 그것들을 베어버렸어.
떼를 지어 그를 향해 날아왔거든.

게다가 까마귀는 얼마나 많았는지!… 까마귀도 있었다니까!
한 마리가 나무 꼭대기 위에 앉아 있는 게 야노시 눈에 들어왔어.
꽤 멀리 떨어진 곳에 있는데도,
구름이라고 생각할 정도로 어마어마하게 컸지.

그 광경에 놀란 야노시는 두근거리는 가슴을 안고 걸었어.
갑자기 그의 눈앞에 시커먼 무언가가 나타났지.
거인 나라 왕의 거대한 검은 성이
그의 눈앞에 음침하게 서 있었어.

Hát Jánost mi érte, szerencse vagy inség?
Majd meghalljuk azt is, várjunk csak kicsinnyég.

20
·

János az erdőben mindig beljebb haladt;
Sokszor meg-megállt a csodálkozás miatt,
Mert nem látott minden léptében-nyomában
Olyat, amit látott Óriásországban.

Volt ennek a tájnak sok akkora fája,
Hogy a tetejöket János nem is látta.
Aztán olyan széles volt a fák levele,
Hogy szűrnek is untig elég volna fele.

A szunyogok itten akkorákra nőttek,
Hogy ökrök gyanánt is máshol elkelnének.
Volt is mit aprítni János szablyájának;
Minthogy feléje nagy mennyiségben szálltak.

Hát még meg a varjúk!... hú, azok voltak ám!
Látott egyet űlni egyik fa sudarán,
Lehetett valami két mérföldre tőle,
Mégis akkora volt, hogy felhőnek vélte.

Így ballagott János bámulva mód nélkül.
Egyszerre előtte valami sötétül.
Az óriás király nagy fekete vára
Volt, ami sötéten szeme előtt álla.

거짓말이 아니라니까, 성문이 얼마나 큰지,
도저히, 도저히… 가늠할 수가 없었어.
그래도 얼마나 큰지 상상은 할 수 있겠지,
거인 왕이 문을 작게 만들지는 않았을 테니까.

그곳에 도착한 야노시는 생각했어.
'성의 외부는 충분히 봤으니, 안쪽도 살펴봐야겠다.'
그리고 자신이 쫓겨날 수도 있다는 걱정은 조금도 하지 않고,
거대한 성문을 열어버렸지.

그곳이 어땠고 그가 무엇을 보았는지 믿을 수 있겠어!
거인 왕과 그의 아들들이 점심식사를 하고 있었어.
그들이 무얼 먹고 있었는지 알아맞힐 수 없을걸.
무얼 먹고 있었는지 짐작할 수 있겠어? 바로 바위였어.

용사 야노시는 성안으로 들어가면서,
거인들이 바위를 먹고 있을 거라고는 생각하지 못했어.
하지만 자비로운 거인 왕은
친절하게 그에게 점심을 권했어.

"이미 이곳에 왔으니, 우리와 함께 점심을 먹자.
네가 바위를 삼키지 못하면, 우리가 너를 삼키겠다.
자, 받아, 안 그러면 너를 가루 내어
맛없는 우리 점심식사에 양념으로 쓸 거야."

거인 왕의 말투를 듣고
야노시는 농담이 아니라는 걸 알아차렸어.
그래서 노련하게 대답했지.
"고백하건대, 저는 이 음식을 자주 먹지는 않습니다.

Nem hazudok, de volt akkora kapuja,

Hogy, hogy... biz én nem is tudom, hogy mekkora,

Csakhogy nagy volt biz az, képzelni is lehet;

Az óriás király kicsit nem épittet.

Hát odaért János s ekkép elmélkedék:

"A külsejét látom, megnézem belsejét;"

S nem törődve azon, hogy majd megugratják,

Megnyitotta a nagy palota ajtaját.

No hanem, hisz ugyan volt is mit látnia!

Ebédelt a király s tudj' isten hány fia.

Hanem mit ebédelt, ki nem találjátok;

Gondolnátok-e, mit? csupa kősziklákat.

Mikor János vitéz a házba belépett,

Nemigen kivánta meg ezt az ebédet;

De az óriások jószivü királya

Az ebéddel őt ily szépen megkinálta:

"Ha már itt vagy, jöszte és ebédelj velünk,

Ha nem nyelsz kősziklát, mi majd téged nyelünk;

Fogadd el, különben száraz ebédünket

Ízről porrá morzsolt testeddel sózzuk meg."

Az óriás király ezt nem úgy mondotta,

Hogy János tréfára gondolhatta volna;

Hát egész készséggel ilyen szókkal felelt:

"Megvallom, nem szoktam még meg ez eledelt;

하지만 원하신다면 기꺼이 먹겠습니다. 안 먹을 이유가 어디 있겠습니까?
여러분과 함께 앉아 점심을 먹지요.
하지만 한 가지 청이 있습니다.
저를 위해 먼저 바위를 작은 조각으로 부숴주십시오."

왕은 바위에서 이 킬로그램 정도를 떼어냈어.
그러면서 이런 말을 덧붙였지.
"자, 이 조각은 수제비 한 개 크기야.
이걸 먹은 다음 더 큰 덩어리를 먹어, 안 그러면 널 씹어 먹을 테다."

"너야말로 고통스러운 날을 맞을 거다!
네 이가 부러질 것이다, 내가 장담한다!"
야노시는 화가 나서 이렇게 고함을 지르고는,
오른손으로 돌을 집어 높이 던졌어.

돌은 정확히 왕의 이마를 맞혔어.
돌에 맞자마자 뇌수가 밖으로 쏟아져나왔지.
"나중에 다시 바위 점심식사에 나를 초대해봐."
야노시가 말하고 웃었어. "큰코다칠걸!"

그 모습을 보고 거인들은 슬픔에 빠졌어.
가엾은 왕의 비참한 죽음에
슬픔을 이기지 못하고 울음을 터트렸지…
눈물 한 방울이 대야 하나만 했어!

나이가 가장 많은 거인이 야노시에게 말했어.
"우리의 주인이며 왕이시여, 자비를, 자비를 베푸소서!
이제 당신을 우리의 왕으로 받드오니,
당신의 종, 저희를 해치지 마소서!"

De ha kivánjátok, megteszem, miért ne?

Társaságotokba beállok ebédre,

Csupán egyre kérlek, s azt megtehetitek,

Számomra előbb kis darabot törjetek."

Letört a sziklából valami öt fontot

A király, s amellett ily szavakat mondott:

"Nesze, galuskának elég lesz e darab,

Aztán gombócot kapsz, hanem összeharapd."

"Harapod bizony te, a kínos napodat!

De fogadom, bele is törik a fogad!"

Kiáltott fel János haragos beszéddel,

S meglódította a követ jobb kezével.

A kő úgy a király homlokához koppant,

Hogy az agyveleje azonnal kiloccsant.

"Igy híj meg máskor is kőszikla-ebédre,"

Szólt s kacagott János "ráforrt a gégédre!"

És az óriások elszomorodának

Keserves halálán a szegény királynak,

S szomorúságokban elfakadtak sírva...

Minden csepp könnyök egy dézsa víz lett volna.

A legöregebbik szólt János vitézhez:

"Urunk és királyunk, kegyelmezz, kegyelmezz!

Mert mi téged ime királynak fogadunk,

Csak ne bánts minket is, jobbágyaid vagyunk!"

"우리 형님이 하신 말씀은 우리 모두의 바람이기도 합니다.
당신의 종, 저희를 해치지 마소서!"
다른 거인들도 모두 애원했어.
"저희를 당신의 영원한 종으로 받아주소서."

용사 야노시가 대답했지.
"너희의 청을 들어주는 대신 한 가지 조건이 있다.
나는 여기 머무르지 않고, 계속 길을 갈 것이다.
나 대신 다른 이가 이곳을 통치하게 하라.

누가 왕이 되든, 상관하지 않겠다.
대신 너희들에게 오직 한 가지만 요구한다.
내가 곤경에 처해 너희들을 부르면
모두 즉시 나를 도우러 와야 한다."

"자비로운 주인님, 이 피리를 받으십시오.
당신의 종을 부르시면, 그곳이 어디든 달려가겠습니다."
나이 든 거인이 이렇게 말하며
용사 야노시에게 피리를 건네주었어.

야노시는 위대한 승리를 자랑스럽게 여기며
피리를 가방 속에 집어넣었어.
그리고 사방에서 행운을 빌어주는 가운데
거인들을 떠나 멀어져갔지.

21
•

얼마나 걸었는지는 알 수 없었어.
한 가지 분명한 것은, 그가 걸어갈수록

"Amit bátyánk mondott, közös akaratunk,
Csak ne bánts minket is, jobbágyaid vagyunk!"
A többi óriás ekképen esengett,
"Fogadj el örökös jobbágyidúl minket."

Felelt János vitéz: "Elfogadom tehát
Egy kikötéssel a kendtek ajánlatát.
Én itt nem maradok, mert tovább kell mennem,
Itt hagyok valakit királynak helyettem.

Már akárki lesz is, az mindegy énnekem.
Kendtektől csupán ez egyet követelem:
Amidőn a szükség úgy hozza magával,
Nálam teremjenek kendtek teljes számmal."

"Vidd, kegyelmes urunk, magaddal e sípot,
S ott leszünk, mihelyest jobbágyidat hívod."
Az öreg óriás ezeket mondotta,
S János vitéznek a sípot általadta.

János bedugta a sípot tarsolyába,
Kevélyen gondolva nagy diadalmára,
És számos szerencse-kivánások között
Az óriásoktól aztán elköltözött.

21
.

Nem bizonyos, mennyi ideig haladott,
De annyi bizonyos, mennél tovább jutott,

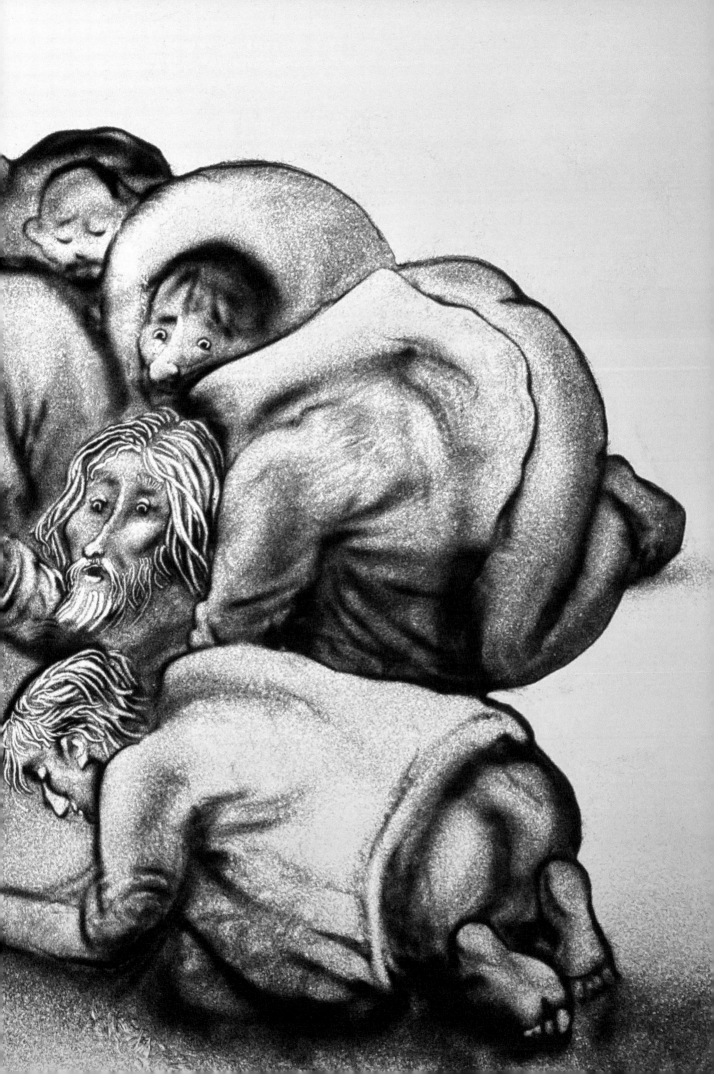

세상이 점점 더 어두워져갔다는 거야.
어느 순간 야노시는 아무것도 안 보인다는 걸 알아차렸지.

'해가 진 걸까, 아니면 내 눈이 멀어버린 걸까?'
야노시는 생각했어.
하지만 밤이 된 것도, 그의 눈이 먼 것도 아니었어.
이곳은 바로 어둠의 나라였던 거야.

하늘에서 해도 별도 빛나지 않았어.
야노시는 더듬거리며 걸어가야 했어.
가끔 그의 머리 위에서 무언가 푸드득거렸어.
날갯짓 소리-형태를 어렴풋이 느낄 수 있었지.

사실 그건 날갯짓 소리가 아니라,
마녀가 빗자루를 타고 날아가는 소리였어.
오래전부터 어둠의 나라는
마녀들의 소굴이었어.

어둠의 나라에서 회의가 열리면,
한밤중에 마녀들이 이리로 날아오는 거야.
지금도 회의를 위해 모이는 중이었지,
어둠의 영토 한가운데로.

마녀들은 깊고 깊은 한 굴속으로 들어갔어.
동굴 한가운데 불 위에 솥단지가 올려져 있었어.
문이 열릴 때 불빛이 새어나왔고
야노시는 불빛이 있는 쪽으로 재빨리 다가갔어.

용사 야노시가 도착해보니,
모든 마녀가 모여 있었어.

Annál sötétebb lett előtte a világ,

S egyszerre csak annyit vesz észre, hogy nem lát.

"Éj van-e vagy szemem világa veszett ki?"

János vitéz ekkép kezdett gondolkodni.

Nem volt éj, nem veszett ki szeme világa,

Hanem hogy ez volt a sötétség országa.

Nem sütött az égen itt sem nap, sem csillag;

János vitéz csak úgy tapogatva ballag,

Néha feje fölött elreppent valami,

Szárnysuhogás-formát lehetett hallani.

Nem szárnysuhogás volt az tulajdonképen,

Boszorkányok szálltak arra seprőnyélen.

Boszorkányoknak a sötétség országa

Rég ideje a, hogy birtoka, tanyája.

Ország gyülését őkelmök itt tartanak,

Éjfél idejében idelovaglanak.

Most is gyülekeznek ország gyülésére

A sötét tartomány kellő közepére.

Egy mélységes barlang fogadta be őket,

A barlang közepén üst alatt tűz égett.

Ajtó nyilásakor meglátta a tüzet

János vitéz s annak irányán sietett.

Mikor János vitéz odaért: valának

Egybegyülekezve mind a boszorkányok.

야노시는 조용히 까치발로 열쇠 구멍으로 다가갔어.
그리고 기이한 광경에 두 눈을 의심했지.

굴속에는 늙은 노파들이 모여 있었어.
그들은 큰솥 안으로 개구리와 쥐의 머리를 토해냈어.
교수대 밑에서 자라난 풀과 꽃,
고양이 꼬리, 뱀과 사람 해골을 토해냈어.

그들이 토해낸 것을 누가 다 일일이 열거할 수 있겠어?
야노시는 즉시 알아차렸어,
이곳이 바로 마녀 소굴이라는 걸.
그 순간 야노시의 뇌리를 스쳐가는 생각이 있었어.

그는 피리를 꺼내려고 가방으로 손을 뻗었어,
거인들에게 모두 이곳으로 오라는 신호를 보내려고.
그런데 손에 무언가 닿았어.
대체 무얼까, 그는 얼굴을 가까이 대고 살펴보았지.

빗자루가 나란히 놓여 있었어,
마녀들이 타고 온 빗자루가.
야노시는 빗자루를 들어 멀리 던져버렸어,
마녀들이 그 위에 올라타지 못하게.

그리고 얼른 정신을 차리고 피리를 꺼내어 불었어.
그러자 즉시 거인들이 나타났지.
"여봐라, 빗자루를 모두 산산조각 내어라!"
야노시의 명령에 거인들은 빗자루를 남김없이 부수어버렸어.

순식간에 난리법석이 벌어졌어.
마녀들은 황급히 밖으로 몰려나와

Halkan lábujjhegyen a kulcslyukhoz mene,
Furcsa dolgokon is akadt meg a szeme.

A sok vén szipirtyó benn csak ugy hemzsegett.
Hánytak a nagy üstbe békát, patkányfejet,
Akasztófa tövén nőtt füvet, virágot,
Macskafarkat, kigyót, emberkoponyákat.

De ki tudná sorra mind előszámlálni?
Csakhogy János mindjárt át kezdette látni,
Hogy a barlang nem más, mint boszorkánytanya.
Erre egy gondolat agyán átvillana.

Tarsolyához nyúlt, hogy sípját elővegye,
Az óriásoknak hogy jőjön serege,
Hanem megakadt a keze valamiben,
Közelebb vizsgálta s látta, hogy mi legyen.

A seprők voltak ott egymás mellé rakva,
Miken a boszorkány-nép odalovagla.
Fölnyalábolta és messzire elhordá,
Hogy a boszorkányok ne akadjanak rá.

Ekkor visszatért és sípjával füttyentett
És az óriások rögtön megjelentek.
"Rajta, törjetek be szaporán, legények!"
Parancsolá János, s azok betörének.

No hisz keletkezett cifra zenebona;
A boszorkánysereg gyorsan kirohana;

필사적으로 빗자루를 찾았어.
하지만 빗자루는 온데간데없었고, 결국 마녀들은 날아가지 못했어.

그러는 동안 거인들은 가만히 있지 않고,
저마다 마녀들을 하나씩 붙잡아
무시무시하게 땅에 패대기쳤어.
부침개를 갈기갈기 찢듯이.

그러면서 한 가지가 분명하게 드러났어.
마녀가 하나씩 죽을 때마다
그만큼 하늘의 어둠이 걷혀간 거야.
그리고 점차 어둠의 나라는 환해졌지.

어느새 해가 완연하게 나타났어,
바로 마지막 마녀의 차례가 되었을 때였어…
야노시가 그 마녀의 얼굴을 알아본 게 아니겠어?
바로 일루시카의 새어머니였지.

"잠깐, 이 마녀는 내가 처치하겠다." 야노시가 소리쳤어.
그리고 거인의 손에서 재빨리 낚아챘는데,
마녀가 그의 손아귀에서 벗어나버리고 말았어.
이럴 수가! 마녀는 뛰기 시작했고, 어느새 꽤 멀리 도망쳤어.

"저런 못된 것 같으니, 어서 가서 붙잡아와라!"
야노시가 한 거인에게 소리쳤어.
이 말을 들은 거인이 마녀를 붙잡아왔어.
그리고 하늘 높이 던져버렸어.

마지막 마녀는 죽은 채 발견되었어,
용사 야노시가 살던 마을 뒤편에서.

Keresték a seprőt kétségbeeséssel,
De nem találták, s így nem repülhettek el.

Az óriások sem pihentek azalatt,
Mindenikök egy-egy boszorkányt megragadt,
S ugy vágta a földhöz dühös haragjába',
Hogy széjjellapultak lepények módjára.

Legnevezetesebb a dologban az volt,
Hogy valahányszor egy-egy boszorkány megholt,
Mindannyiszor oszlott az égnek homálya,
S derült lassanként a sötétség országa.

Már csaknem egészen nap volt a vidéken,
Az utolsó banya volt a soron épen...
Kire ismert János ebbe' a banyába'?
Hát Iluskájának mostohaanyjára.

"De, kiáltott János, ezt magam döngetem."
S óriás kezéből kivette hirtelen,
Hanem a boszorkány kicsusszant markából,
Uccu! szaladni kezd, és volt már jó távol.

"A keserves voltát, rugaszkodj utána!"
Kiáltott most János egyik óriásra.
Szót fogadott ez, és a banyát elkapta,
És a levegőbe magasra hajtotta.

Igy találták meg az utolsó boszorkányt
Halva, János vitéz faluja határán;

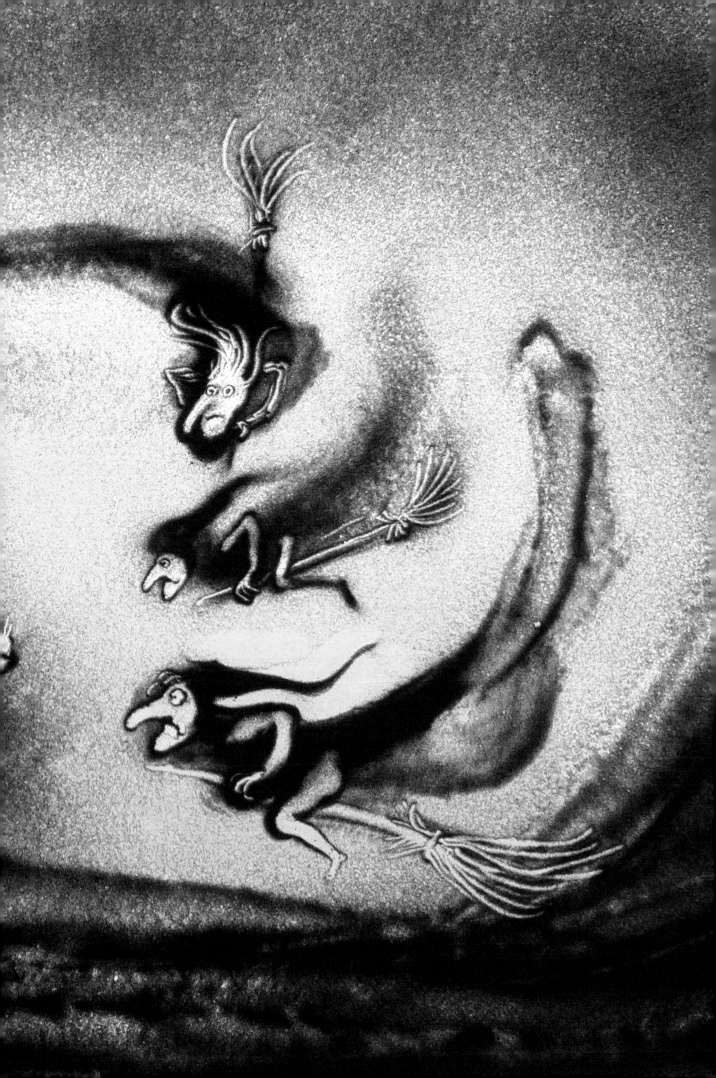

모든 사람들은 그녀를 미워했고, 끔찍해했어.
심지어 까마귀조차 까악까악 울지 않았지.

드디어 어둠의 나라가 환하게 밝아졌고,
영원하던 어둠의 자리에 태양이 빛났어.
용사 야노시는 불을 훨훨 피웠고,
그 불에 빗자루는 재가 되었지.

그러고 나서 그는
충직한 거인들과 헤어졌어.
거인들은 언제나 충성하겠노라 맹세했어.
그리고 야노시는 오른쪽으로, 거인들은 왼쪽으로 길을 떠났어…

22
•

우리의 용맹한 야노시는 여전히 유랑 중이었어.
이미 그의 마음은 슬픔에서 완전히 회복되었어.
그는 가슴에 달려 있는 장미를 바라볼 때도
더는 슬픔을 느끼지 않았어.

장미는 그의 가슴 위에 매달려 있었어.
일루시커의 무덤에서 꺾었던 그 장미였지.
그는 무언가 따뜻한 느낌이 들었어,
장미를 바라보면서 생각에 잠길 때면.

한번은 걷고 있을 때였어. 해는 졌고,
지는 해 너머에는 붉은 석양이 남아 있었어.
붉은 석양마저 모습을 감추자,
기운 달의 노란빛이 뒤따라 나왔어.

S minthogy minden ember gyülölte, utálta,
Mégcsak a varju sem károgott utána.

Sötétség országa kiderült végképen,
Örökös homálynak napfény lett helyében,
János vitéz pedig rakatott nagy tüzet,
A tűz minden seprőt hamuvá égetett.

Az óriásoktól azután bucsút vett,
Szivükre kötvén a jobbágyi hűséget.
Ezek igérték, hogy hűségesek lesznek,
S János vitéz jobbra és ők balra mentek...

22

·

Vándorolgatott az én János vitézem,
Meggyógyult már szive a bútól egészen,
Mert mikor keblén a rózsaszálra nézett,
Nem volt az többé bú, amit akkor érzett.

Ott állott a rózsa mellére akasztva,
Melyet Iluskája sírjáról szakaszta,
Valami édesség volt érezésében,
Ha János elmerült annak nézésében.

Igy ballagott egyszer. A nap lehanyatlott,
Hagyva maga után piros alkonyatot;
A piros alkony is eltűnt a világról,
Követve fogyó hold sárga világától.

야노시는 달이 질 때까지 계속 걸었어.
녹초가 된 그는 어둠 속에서 걸음을 멈추었고,
무언가 둥글게 솟은 자리에 머리를 누였어,
피곤에 지친 몸을 쉬어가려고.

그는 쓰러져 잠이 들었고, 알아채지 못했어.
쉬어가려고 멈춘 곳이 다름 아닌 묘지였다는 것을.
그곳은 묘지였어, 오래된 묘지,
숱한 풍파에 겨우 흔적만 남은 묘지.

한밤중이 되었고 혼령의 시간이 찾아왔어.
모든 무덤의 입구가 활짝 열리더니,
하얀 베일에 싸인 창백한 혼령들이
무덤의 목구멍에서 밖으로 튀어나왔어.

그들은 춤을 추고 노래를 부르기 시작했어,
그러자 그들의 발아래 땅이 울렸어.
하지만 단잠에 빠져 있던 용사 야노시는
노랫소리에도, 춤에도 깨어나지 않았어.

한 혼령이 그를 발견하고,
"인간아, 살아 있는 인간아!" 하고 고함쳤어.
"일어나서, 냉큼 꺼져! 감히 어떤 인간이
우리 땅에 들어올 만큼 무모한 거야?"

그러자 혼령 모두가 야노시에게로 몰려갔어.
그의 주위를 반원형으로 빙 에워싼 채
그에게 점점 다가가는데, 수탉이 울었지.
그 소리에 혼령은 모두 사라졌어.

János még ballagott; amint a hold leszállt,

Ő fáradottan a sötétségben megállt,

S valami halomra fejét lehajtotta,

Hogy fáradalmát az éjben kinyugodja.

Ledőlt, el is aludt, észre nem is véve,

Hogy nem nyugszik máshol, hanem temetőbe';

Temetőhely volt ez, ócska temetőhely,

Harcoltak hantjai a rontó idővel.

Mikor az éjfélnek jött rémes órája,

A száját mindenik sírhalom feltátja,

S fehér lepedőben halvány kisértetek

A sírok torkából kiemelkedtenek.

Táncot és éneket kezdettek meg legott,

Lábok alatt a föld reszketve dobogott;

Hanem János vitéz álmai közepett

Sem énekszóra, sem táncra nem ébredett.

Amint egy kisértet őt megpillantotta,

"Ember, élő ember!" e szót kiáltotta,

"Kapjuk fel, vigyük el! mért olyan vakmerő,

Tartományunkba belépni mikép mer ő?"

És odasuhantak mind a kisértetek,

És körülötte már karéjt képeztenek,

És nyultak utána, de a kakas szólal,

S a kisértet mind eltűnt a kakasszóval.

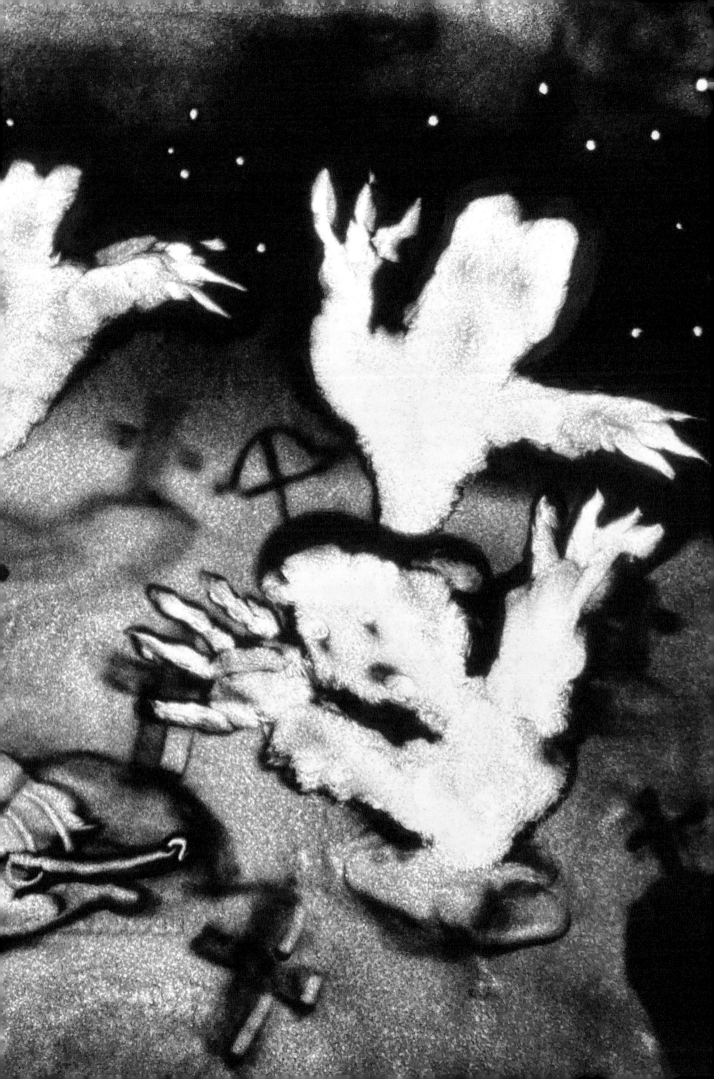

야노시도 수탉이 우는 소리에 잠에서 깨어났어.
추위에 그의 몸은 냉기로 가득했지.
매서운 바람에 묘지의 풀들이 흔들렸어.
그는 일어나서 다시 길을 떠났어.

23
•

용사 야노시가 높은 산 위에 오르자,
떠오르는 해가 그의 얼굴을 비추었지.
일출은 너무나 매혹적이었어.
세상을 둘러보려고, 그는 걸음을 멈추었어.

어스름한 하늘에는 새벽별이 있었지만,
창백한 별빛은 거의 다 스러지고 있었어.
빛나는 태양이 하늘로 떠오르자,
기도처럼 빠르게 빛을 잃고 마침내 사라졌어.

금 수레 위의 태양이 빛을 발하며 위로 올라서서,
잔잔한 바다의 수면을 부드럽게 바라보았지.
물거품이 마음에 들었어, 아직 꿈꾸듯,
무한으로 향하는 공간을 차지하고 있었으니까.

바다는 고요했어. 작은 색색의 물고기 몇 마리가
잔잔한 물속에서 이리저리 헤엄치고 있었지.
비늘 덮인 물고기 몸에 닿은 햇살이
반짝이는 다이아몬드의 빛처럼 떨렸어.

바닷가에는 작은 어부의 오두막이 있었어.
어부는 늙었고, 수염이 무릎까지 닿을 정도였어.

János is felébredt a kakas szavára,

Testét a hidegtől borzadás átjárta;

Csipős szél lengette a síri füveket,

Lábra szedte magát s utra kerekedett.

23

.

János vitéz egy nagy hegy tetején jára,

Hogy a kelű hajnal rásütött arcára.

Gyönyörűséges volt, amit ekkor látott,

Meg is állt, hogy körülnézze a világot.

Haldoklófélben volt a hajnali csillag,

Halovány sugára már csak alig csillog,

Mint gyorsan kiröppent fohász, eltünt végre,

Mikor a fényes nap föllépett az égre.

Föllépett aranyos szekeren ragyogva,

Nyájasan nézett a sík tengerhabokra,

Mik, ugy tetszett, mintha még szenderegnének,

Elfoglalva térét a végtelenségnek.

Nem mozdult a tenger, de fickándoztanak

Sima hátán néha apró tarka halak,

S ha napsugár érte pikkelyes testöket,

Tündöklő gyémántnak fényeként reszketett.

A tengerparton kis halászkunyhó álla;

Öreg volt a halász, térdig ért szakálla,

야노시가 그곳에 도착해 이렇게 물었을 때,

어부는 그물을 바다에 던지려는 참이었어.

"어르신, 간곡하게 부탁드립니다.

저를 바다 저편으로 실어다주시겠습니까?

가진 돈은 없지만, 어르신을 즐겁게 해드릴 수는 있습니다.

공짜로 저를 데려다주시면 감사하겠습니다."

"이보시오, 젊은이. 돈을 준다 해도 나한테는 쓸모가 없소이다."

착한 노인이 친절하고 부드럽게 대답했어.

"언제나 바다는 아주 깊고,

나는 그 바다와 싸우기에는 너무 늙었소.

그런데 대체 어쩌다 여기까지 오게 되었소?

이게 대양이라는 것을 알고는 있는 거요?

그래서 무엇을 준다고 해도 당신을 건네줄 수 없소.

이 바다는 깊이도, 끝도 알 수 없다오."

"대양이라고요?" 야노시가 소리쳤어.

"그렇게 말씀하시니 더 궁금해지는군요.

어디에 닿을지 모르지만, 그래도 건너가겠습니다.

한 가지 방법이 있긴 합니다… 피리를 불어보지요."

야노시는 피리를 불었어. 피리 소리가 울리자마자

거인 하나가 즉시 그의 앞에 와 섰지.

"이 바다 물결을 막아 내가 건너가게 해줄 수 있느냐?"

용사 야노시가 물었어. "건너갈 수 있게 막아다오."

"건너가고 싶으시다고요?" 거인이 말하고 웃었어.

"물론입니다, 제 어깨 위에 앉으십시오.

Épen mostan akart hálót vetni vízbe,
János odament és tőle ezt kérdezte:

"Ha szépen megkérem kendet, öreg bátya,
Átszállít-e engem tenger más partjára?
Örömest fizetnék, hanem nincsen pénzem,
Tegye meg kend ingyen, köszönettel vészem."

"Fiam, ha volna, sem kéne pénzed nékem,"
Felelt a jó öreg nyájasan, szelíden.
"Megtermi mindenkor a tenger mélysége,
Ami kevésre van éltemnek szüksége.

De micsoda járat vetett téged ide?
Az óperenciás tenger ez, tudod-e?
Azért semmi áron által nem vihetlek,
Se vége, se hossza ennek a tengernek."

"Az óperenciás?" kiáltott fel János,
"Annál inkább vagyok hát kiváncsiságos;
De már igy átmegyek, akárhová jutok.
Van még egy mód hátra... a sípomba fuvok."

És megfújta sípját. A sípnak szavára
Egy óriás mindjárt előtte is álla.
"Át tudsz-e gázolni ezen a tengeren?"
Kérdi János vitéz "gázolj által velem."

"Át tudok-e?" szól az óriás és nevet,
"Meghiszem azt; foglalj a vállamon helyet.

자, 이제 제 머리카락을 꼭 붙잡으십시오."
그러더니 거인은 어느새 발걸음을 떼기 시작했지.

24
•

거인은 우리의 용사 야노시를 데려갔어.
한 걸음에 삼천칠백 미터를 디뎠지.
그는 삼 주 동안 어마어마하게 빠른 속도로 바다를 건넜어.
그런데도 그들은 건너편 해안에 다다르지 못했어.

그렇게 바다를 건너는데 저 멀리 잿빛 안개 사이로
무언가 야노시의 눈에 들어왔어.
"저기, 저기 해변이 있어!" 그가 기뻐하며 소리쳤어.
그를 데려가던 거인이 대답했지. "그건 섬입니다."

야노시는 물었어. "대체 무슨 섬이지?"
"많이 들어보셨을 텐테, 요정 나라입니다.
이 세상 끝에 있는 나라이지요.
그곳 너머에서 바다는 무無로 사라진답니다."

"나를 저기로 데려다다오, 나의 충실한 종아.
저 위에서 그 모습을 보고 싶다."
"모셔다드리겠습니다." 거인이 대답했어.
"하지만 주인님의 목숨이 위험해질 수도 있습니다.

거기로 들어가는 것도 쉽지 않습니다.
무시무시한 괴물들이 입구를 지키고 있으니까요…"
"걱정하지 마라, 나를 데려다주기만 해다오.
들어갈 수 있을지 없을지는, 나중에 알게 되겠지."

Így ni, most kapaszkodj meg jól a hajamba."

És már meg is indult, amint ezt kimondta.

24

•

Vitte az óriás János vitézünket;

Nagy lába egyszerre fél mérföldet lépett,

Három hétig vitte szörnyü sebességgel,

De a tulsó partot csak nem érhették el.

Egyszer a távolság kékellő ködében,

Jánosnak valami akad meg szemében.

"Nini, ott már a part!" szólt megörvendezve.

"Biz az csak egy sziget," felelt, aki vitte.

János ezt kérdezte: "És micsoda sziget?"

"Tündérország, róla hallhattál eleget.

Tündérország; ott van a világnak vége,

A tenger azon túl tünik semmiségbe."

"Vigy oda hát engem, hűséges jobbágyom,

Mert én azt meglátni fölötte kivánom."

"Elvihetlek," felelt az óriás neki,

"De ott életedet veszély fenyegeti.

Nem olyan könnyü ám a bejárás oda,

Őrizi kapuját sok iszonyú csoda..."

"Ne gondolj te azzal, csak vigy el odáig;

Hogy bemehetek-e vagy nem, majd elválik."

야노시는 그런 말로 거인의 입을 막았어.

거인도 더 이상 핑계를 대지 못했어.

그를 그곳으로 데려가서 해변에 내려주었지.

그러고는 왔던 길로 되돌아갔어.

25
•

요정 나라의 첫 번째 문을 지키는 것은

발톱이 삼사십 센티미터나 되는 사나운 곰 세 마리였어.

그러나 힘겨운 싸움 끝에 곰 세 마리가

야노시의 손에 한번에 죽고 말았어.

'오늘은 이걸로 충분해.'

큰 싸움을 치르고 자리에 앉아 한숨 돌리며 야노시는 생각했지.

'오늘은 이곳에서 조금 쉬어야겠어.

내일 더 안쪽에 있는 문으로 가보자.'

그리고 야노시는 생각한 대로 행동했어.

다음 날 두 번째 문에 가까이 다가간 거야.

이곳에서는 조금 더 힘든 일이 그를 기다리고 있었어.

사나운 사자 세 마리가 입을 있는 대로 벌리고 문을 지키고 있었거든.

사자가 그를 향해 모여들었어. 그도 저돌적으로

힘껏 달려들었어, 검을 번쩍이면서.

사자들은 온 힘을 다해 검을 피했지만,

세 마리 모두 목숨을 잃고 말았지.

그는 승리에 흠뻑 취했어.

그래서 어제와 달리 쉬지 않았어.

Szófogadásra igy inté az óriást,
Aki tovább nem is tett semmi kifogást,
Hanem vitte őtet és a partra tette,
És azután utját visszafelé vette.

25
.

Tündérország első kapuját őrzötte
Félrőfös körmökkel három szilaj medve.
De fáradságosan János keze által
Mind a három medve egy lett a halállal.

"Ez elég lesz mára," János ezt gondolta,
Nagy munkája után egy padon nyugodva.
"Ma ezen a helyen kissé megpihenek,
Holnap egy kapuval ismét beljebb megyek."

És amint gondolta, akkép cselekedett,
Második kapuhoz másnap közeledett.
De már itt keményebb munka várt ám rája,
Itt őrzőnek három vad oroszlán álla.

Hát nekigyürközik; a fenevadakra
Ráront hatalmasan, kardját villogtatva;
Védelmezték azok csunyául magokat,
De csak mind a három élete megszakadt.

Igen feltüzelte ez a győzedelem,
Azért, mint tennap, most még csak meg sem pihen,

비 오듯 떨어지는 땀을 닦으며,
세 번째 문으로 가까이 갔어.

하느님, 그를 버리지 마소서! 이곳에는 정말 무서운 보초가 있었어.
어찌나 모습이 무시무시한지 보기만 해도 피가 얼어붙을 지경이었어.
커다란 용 한 마리가 문 앞에 서 있었던 거야.
황소 여섯 마리를 삼킬 정도로 큰 입이 달린 용이.

용감하기로는 야노시가 최고였지.
그는 꾀를 내어 해결 방법을 찾았어.
검으로 싸워봤자 이길 수 없다는 걸 알고,
안으로 들어갈 수 있는 다른 방법을 생각해냈어.

용이 큰 입을 쩍 벌렸어,
한입에 야노시를 물어뜯으려고.
이때 그는 무엇을 했을까?
글쎄 갑자기 용의 목구멍 속으로 뛰어들었지 뭐야.

용의 몸속으로 들어간 그는 심장을 찾았어.
그리고 검을 찔러 넣었지.
그러자 용은 바로 대자로 뻗었고,
마지막 숨을 토해내고 죽었어.

용사 야노시는 수많은 어려움을 겪어야 했어,
용의 옆구리를 가르고 나오느라.
마침내 그는 구멍을 뚫고 밖으로 기어 나와,
문을 열고, 아름다운 요정 나라를 보았어.

De letörölve a sürü verítéket,
A harmadik kapu közelébe lépett.

Uram ne hagyj el! itt volt ám szörnyű strázsa;
Vért jéggé fagyasztó volt rémes látása.
Egy nagy sárkánykígyó áll itt a kapuban;
Elnyelne hat ökröt, akkora szája van.

Bátorság dolgában helyén állott János,
Találós ész sem volt őnála hiányos,
Látta, hogy kardjával nem boldogúl itten,
Más módot keresett hát, hogy bemehessen.

A sárkánykígyó nagy száját feltátotta,
Hogy Jánost egyszerre szerteszét harapja;
S mit tesz ez, a dolog ilyen állásába'?
Hirtelen beugrik a sárkány torkába.

Sárkány derekában kereste a szívet,
Ráakadt és bele kardvasat merített.
A sárkány azonnal széjjelterpeszkedett,
S kinyögte magából a megtört életet.

Hej János vitéznek került sok bajába,
Míg lyukat fúrhatott sárkány oldalába.
Végtére kifurta, belőle kimászott,
Kaput nyit, és látja szép Tündérországot.

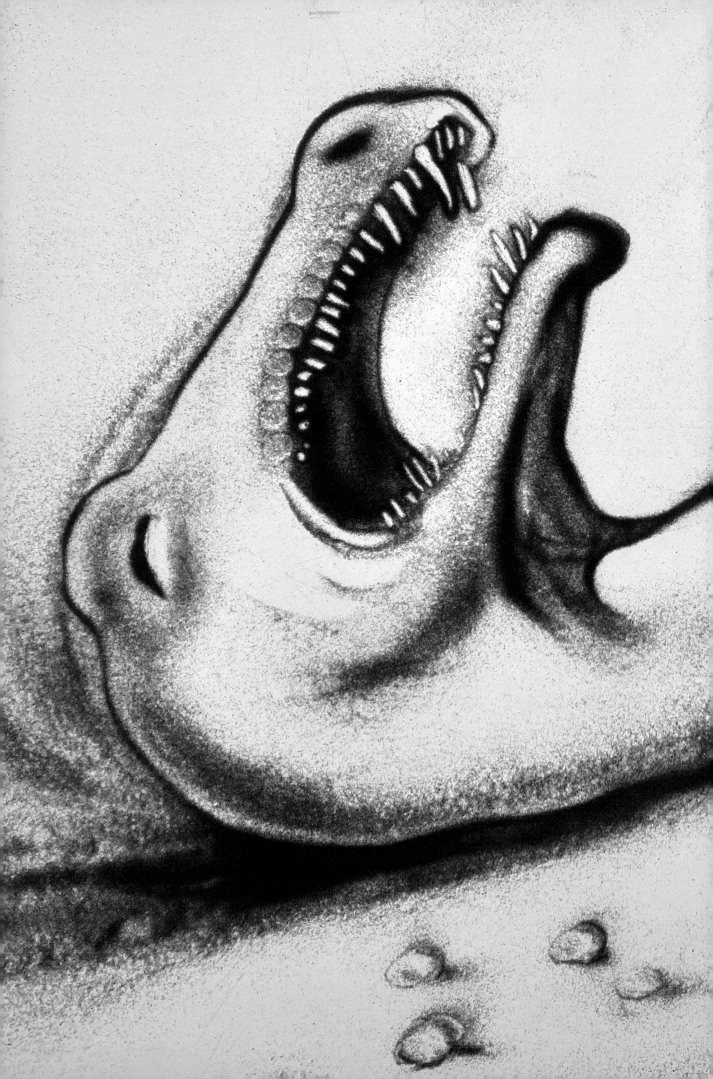

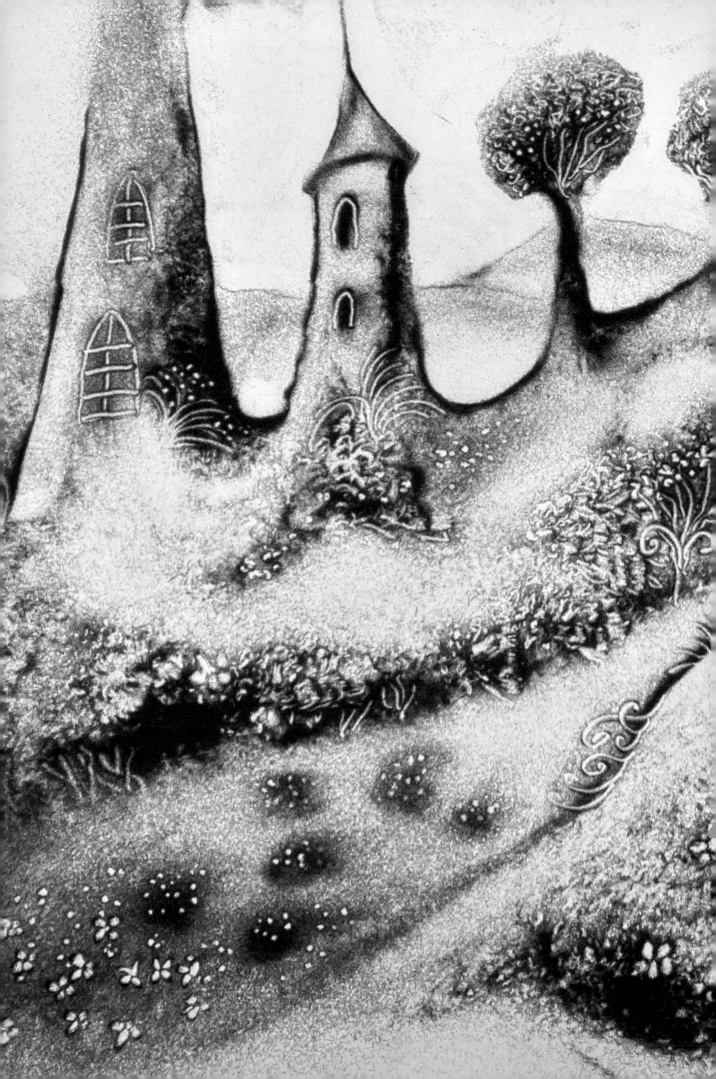

26
•

요정 나라에는 겨울의 자취라고는 조금도 찾아볼 수 없었어.
내내 흐드러진 봄으로 가득했어.
해가 뜨거나 지지 않고,
언제나 붉게 물든 여명이 계속되었어.

그곳에서 요정 소년과 요정 소녀가
죽음을 모른 채 행복하게 살았어.
먹을 것도, 마실 것도 필요 없었고,
사랑의 달콤한 입맞춤만으로 살고 있었지.

그곳에서는 슬퍼서 우는 일이 없었어.
그저 기쁨에 겨운 요정의 눈에서 자주 눈물이 흘러내렸을 뿐.
땅속 깊이 스며든 요정의 눈물은
그곳에서 다이아몬드가 되었어.

금발의 요정 소녀들이 자신의 머리카락을
한 올 한 올 땅속으로 내려보내자
그 머리카락들은 금 덩어리로 변했어.
보물을 찾는 사람들에게는 큰 기쁨이었지.

거기서 요정 아이는
요정 소녀의 눈빛으로 무지개를 엮었어.
무지개를 아주 길게 엮고 난 후에는
그것으로 구름 낀 하늘을 둥글게 장식했어.

요정들에게는 꽃 침대가 있었고,
그들은 기쁨에 취해 그 위에 누워 있었지.

26

.

Tündérországban csak híre sincs a télnek,
Ott örökös tavasz pompájában élnek;
S nincsen ott nap kelte, nap lenyugovása,
Örökös hajnalnak játszik pirossága.

Benne tündérfiak és tündérleányok
Halált nem ismerve élnek boldogságnak;
Nem szükséges nekik sem étel, sem ital,
Élnek a szerelem édes csókjaival.

Nem sír ott a bánat, de a nagy örömtül
Gyakran a tündérek szeméből könny gördül;
Leszivárog a könny a föld mélységébe,
És ennek méhében gyémánt lesz belőle.

Szőke tündérlyányok sárga hajaikat
Szálanként keresztülhúzzák a föld alatt;
E szálakból válik az aranynak érce,
Kincsleső emberek nem kis örömére.

A tündérgyerekek ott szivárványt fonnak
Szemsugarából a tündérleányoknak;
Mikor a szivárványt jó hosszúra fonták,
Ékesítik vele a felhős ég boltját.

Van a tündéreknek virágnyoszolyája,
Örömtől ittasan heverésznek rája;

진한 향기를 실은 바람이 부드럽게 불어와
달콤한 꿈을 꿀 수 있게 꽃 침대를 흔들어주었지.

그들이 꿈에 보는 세상은
요정 나라와 이 세상의 그림자뿐이었어.
우리가 연인을 처음으로 가슴에 안으면
이런 꿈같은 신비함이 우리를 가득 채우지.

27
•

요정 나라에서 목격한 모든 것이
야노시의 눈에는 한없이 신비로웠어.
그의 눈은 장밋빛 햇살에 황홀해져
주위를 둘러볼 수조차 없을 정도였어.

요정들은 그를 보고도 도망치지 않았고,
순수한 어린아이처럼 그의 곁으로 다가왔어.
그와 다정하게 이야기를 주고받았고,
그를 섬 깊숙한 곳으로 데려갔어.

이 모든 것을 다 둘러보았을 때,
마침내 야노시가 그동안 꿈꾸던 한 가지가 머리에 떠오르며,
절망감이 그의 마음속으로 날아와 박혔어.
사랑하는 일루시커가 떠올랐기 때문이야.

"이곳은 사랑의 나라인데,
왜 나는 남은 인생을 혼자 살아야 할까?
주위에는 온통 행복해 보이는 이들뿐인데
왜 내 마음속에만 행복이 없는 걸까?"

Illatterhes szellők lanyha fuvallatja
Őket a nyoszolyán álomba ringatja.

És amely világot álmaikban látnak,
Tündérország még csak árnya e világnak.
Ha a földi ember először lyányt ölel,
Ennek az álomnak gyönyöre tölti el.

27
·

Hogy belépett János vitéz ez országba,
Mindent, amit látott, csodálkozva láta.
A rózsaszín fénytől kápráztak szemei,
Alighogy merészelt körültekinteni.

Meg nem futamodtak tőle a tündérek,
Gyermekszelídséggel hozzá közelgének,
Illeték őt nyájas enyelgő beszéddel,
És a szigetbe őt mélyen vezették el.

Amint János vitéz mindent megszemléle,
S végtére álmából mintegy föleszméle:
Kétségbeesés szállt szivének tájára,
Mert eszébe jutott kedves Iluskája.

"Itt hát, hol országa van a szerelemnek,
Az életen által én egyedül menjek?
Amerre tekintek, azt mutassa minden,
Hogy boldogság csak az én szivemben nincsen?"

요정 나라의 한가운데에는 호수가 하나 있었어.

야노시는 슬픔에 잠겨 그곳으로 갔고,

연인의 무덤가에 피었던 꽃, 그 장미를

가슴에서 떼어내고, 이렇게 말했어.

"나의 유일한 보물! 내가 사랑하는 여인의 흔적!

앞으로 나를 인도할 그 길을 보여줘."

그리고 장미를 호수 속으로 던졌어.

야노시는 그 뒤를 따른다 해도 아무렇지 않을 것 같았어…

그런데 그때 기적이 일어났어! 그가 뭘 봤을까, 무엇을!

바로 그 꽃이 일루시커로 변하는 광경을 보았지.

그는 정신없이 물속으로 뛰어들었고,

죽음에서 소녀를 건져냈어.

이 호수는 생명의 물이었던 거야.

물에 닿기만 해도 모든 것이 되살아났지.

일루시커의 재에서 피어난 장미는

이렇게 일루시커로 부활했어.

세상의 모든 것을 아름다운 단어로 표현할 수 있다 해도,

그 순간 야노시의 기분은 어떤 말로도 설명할 수 없을 거야.

그는 일루시커를 호수 밖으로 데리고 나왔고,

오랫동안 목말랐던 입술 위로 새로운 입맞춤이 타올랐어.

일루시커는 얼마나 아름다웠는지!

모든 요정 소녀들이 그녀에게 매료되고 경탄했어.

요정 소녀들은 그녀를 여왕으로,

요정 소년들은 야노시를 왕으로 뽑았지.

Tündérországnak egy tó állott közepén,
János vitéz búsan annak partjára mén,
S a rózsát, mely sírján termett kedvesének,
Levette kebléről, s ekkép szólítá meg:

"Te egyetlen kincsem! hamva kedvesemnek!
Mutasd meg az utat, én is majd követlek."
S beveté a rózsát a tónak habjába;
Nem sok híja volt, hogy ő is ment utána...

De csodák csodája! mit látott, mit látott!
Látta Iluskává válni a virágot.
Eszeveszettséggel rohant a habokba,
S a föltámadt leányt kiszabadította.

Hát az élet vize volt ez a tó itten,
Mindent föltámasztó, ahova csak cseppen.
Iluska porából nőtt ki az a rózsa,
Igy halottaiból őt föltámasztotta.

Mindent el tudnék én beszélni ékesen,
Csak János vitéznek akkori kedvét nem,
Mikor Iluskáját a vizből kihozta,
S rég szomjas ajakán égett első csókja.

Be szép volt Iluska! a tündérleányok
Gyönyörködő szemmel mind rábámulának;
Őt királynéjoknak meg is választották,
A tündérfiak meg Jánost királyokká.

요정들은 자신만의 신비한 세상에서
사랑스러운 일루시커는 연인의 품에서
용사 야노시는 행복한 왕으로
멋진 요정 나라에서 지금도 잘살고 있어.

페스트에서, 1844년 11~12월

★　일루시커Illuska는 일루시Illus의 애칭이다. 이스라엘의 예언자 엘리야의 헝가리식 이름으로, 여자의 이름에 붙인다. 남자일 경우에는 일리시Illés라고 부른다. 헝가리에서는 좋아하는 사람이나 가족의 이름 뒤에 -커ka, -케ke를 붙여 '작은, 소중한'이라는 의미를 나타낸다. 그래서 연치가 연인을 직접 부를 때는 일루시커라고 하고, 그녀의 새어머니 앞에서는 일루시라고 부르는 것이다.

★★　헝가리어로는 그리프Griff. 몸은 사자, 날개와 머리는 독수리 모양을 한 신화 속의 새로, 높은 곳에 둥지를 틀고 살며 무시무시한 공격력을 지닌 것으로 알려져 있다.

A tündérnemzetség gyönyörű körében

S kedves Iluskája szerető ölében

Mai napig János vitéz őkegyelme

Szép Tündérországnak boldog fejedelme.

(Pest, 1844, november-december)

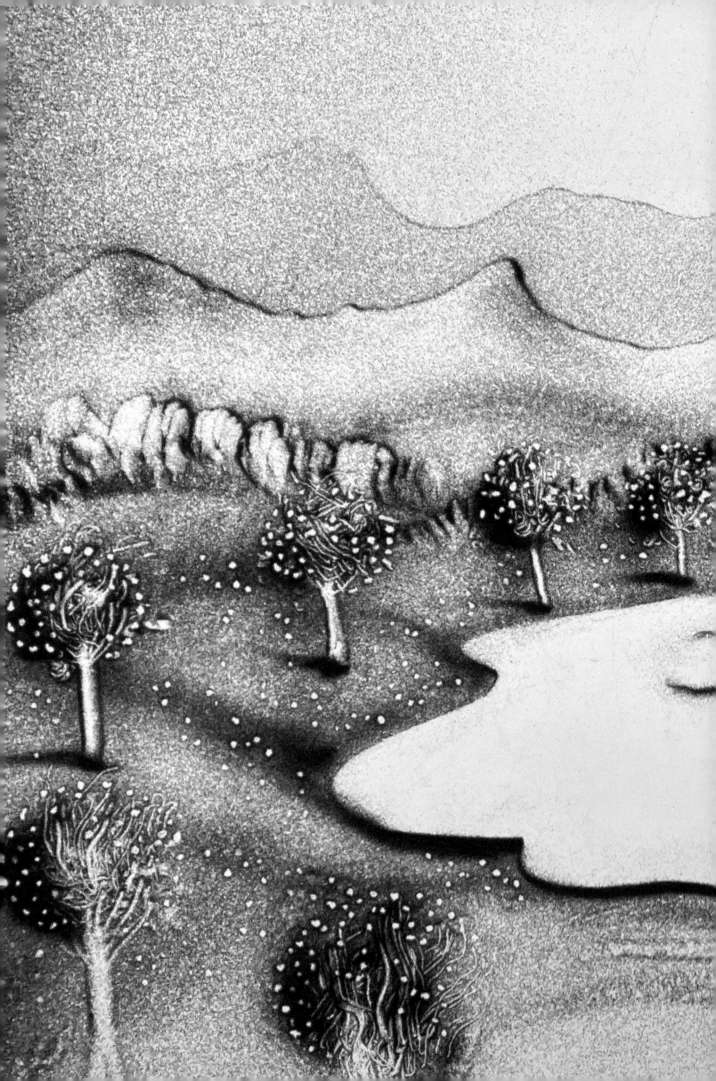

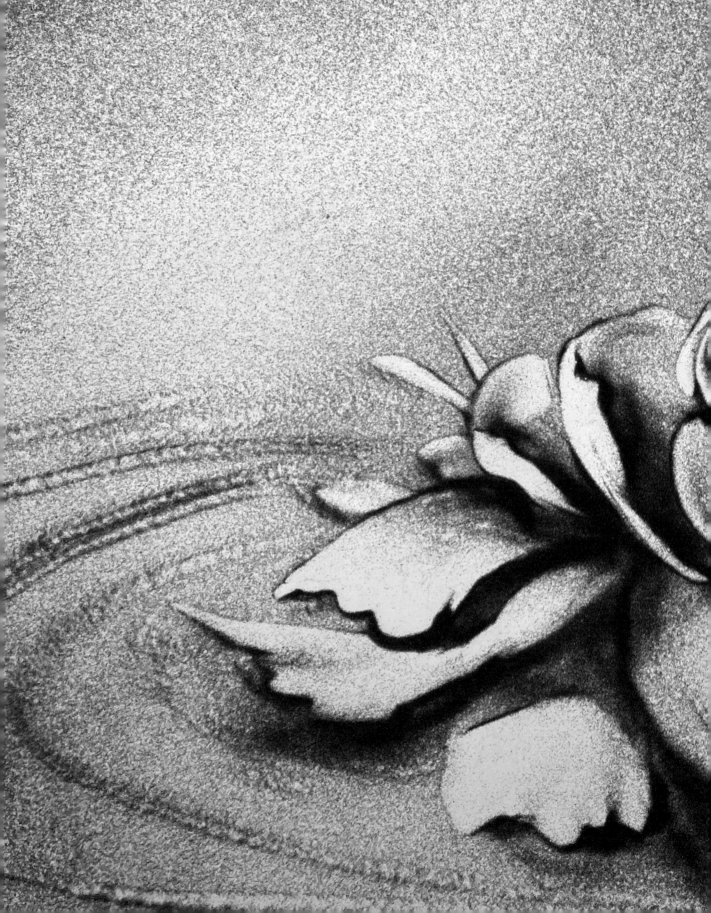

작품 해설

•

페퇴피 샨도르와 〈용사 야노시〉

한경민_한국외국어대학교 헝가리어과 교수

2023년은 헝가리 최고의 국민 시인으로 인정받는 페퇴피 샨도르Petőfi Sándor의 탄생 200주년이었습니다. 헝가리에서는 200주년을 기념하기 위해 페퇴피의 작품집 출판, 해외 번역 지원, 시 낭송 및 시 작품을 음악화한 작품 공모전 등 다양한 문화 행사를 진행했습니다. 우리나라에서도 작년 5월 〈용사 야노시János Vitéz〉 애니메이션을 우리말로 더빙하여 공연하는 행사가 진행되었습니다. 그러면 왜 우리가 지금 헝가리의 시인 페퇴피 샨도르의 작품을 읽어야 하는지, 이 작품이 어떤 중요성을 지니고 있는지 궁금하실 겁니다. 페퇴피가 어떤 삶을 살았는지 소개해드리면, 여러분이 가진 의문이 상당 부분 해소될 것 같습니다.

헝가리에서 많은 독자의 사랑을 받고 있는 페퇴피 샨도르는 1823년 1월 1일 드넓고 거친 초원지방인 키슈쾨뢰시Kiskörös에서 태어났습니다. 그는 지평선에 닿아 있는 자연 속, 무한과 자유가 주어진 환경에서 성장했습니다. 도축업에 종사하던 아버지 페트로비치 이스트반Petrovics István은 큰아들 샨도르가 좋은 학교에서 교육받기를 원했고, 평판이 좋은 기숙학교에 아들을 입학시켰습니다. 더 좋은 학교와 환경을 찾아 계속 새 학교로 아들을 전학시키던 아버지의 노력은, 가세가 점점 기울면서 결국 페퇴피가 16세 되던 해에 중단됩니다. 당시 페퇴피는 독학으로 공부를 계속해보고 싶은 마음, 이곳저

곳으로 무전여행을 하며 세상을 알고 싶은 마음, 대중의 사랑과 관심을 받는 연극배우가 되어 유명해지고 싶은 마음 사이에서 갈등합니다. 그래서 잠시 국립극단에 들어가 스턴트맨으로 일하고 무전여행도 다니지만, 생각과 달리 배우로서의 생활이나 여행 과정에서도 너무나 배고프고 가난한 생활을 견디다 못해 생계를 해결하기 위해 군에 입대합니다. 하지만 그는 몸이 약했고, 잦은 병치레를 하면서 결국 입대 6개월 만에 군을 떠납니다. 그 후 잠깐 조연배우로 극단에 입단하여 공연을 위해 이곳저곳 떠도는 생활을 합니다. 당시 조연배우의 생활 역시 안정적이지 않았기 때문에, 그는 "어찌 살아야 할까?"라는 고민을 담아 시를 쓰기 시작합니다.

당시 그가 쓴 시는 단순한 형식과 내용을 지닌 민요시였습니다. 단순하면서도 반전 가득한 그의 시는 해학과 반어로 많은 사람들의 관심을 끌고, 그는 열아홉 살의 나이에 〈술꾼A borózó〉이라는 작품으로 《아테너에움 Athenaeum》을 통해 등단합니다. 바로 이때부터 그는 원래의 성인 페트로비치 대신 페퇴피를 필명으로 사용하며, 헝가리 민요시의 전통을 이어받아 예술적으로 승화시킨 민요 시인으로 널리 알려지게 됩니다. 그의 민요시 가운데 단연 최고 작품은 〈용사 야노시〉로, 헝가리적인 전통과 특징만이 아니라 보편적인 인간의 상상과 환상, 모험의 세계를 잘 보여줍니다.

1844년 발표된 〈용사 야노시〉는 민요조 가락을 가진 서사시로, 27개 장으로 구성되어 있습니다. 작품의 주인공은 쿠코리처 연치라는 젊은이로, 연치는 야노시라는 이름을 애칭으로 친근하게 부를 때 사용하는 이름입니다. 한 착한 부인이 아기 때 옥수수밭에 버려져 울고 있던 연치를 발견하고 데려와 키웠고, 그는 어느새 젊은이로 성장해 주인집 양을 치는 일을 하고 있습니다. 그는 같은 마을에 사는 일루시커를 사랑하는데, 이 소녀 역시 부모님을 모두 잃고 새어머니의 구박을 받으며 힘겹게 살고 있습니다. 두 젊은이는 서로의 사랑으로 어려운 생활을 이겨나가고, 서로를 아껴주고 위로하며 결혼을 꿈꾸고 있습니다. 하지만 연치를 키워주고 두 사람을 결혼시켜주겠다고 약속했던 부인이 갑자기 세상을 떠나면서 두 사람은 더욱 힘든 시간을 보내게 됩니다.

그러던 어느 날, 빨래를 하러 시냇가로 나온 일루시커와 연치가 달콤한 시간을 보내는 사이에 연치가 돌보던 양떼가 뿔뿔이 흩어져버립니다. 연치는 저녁까지 이리 뛰고 저리 뛰면서 잃어버린 양을 찾지만, 겨우 일부만 찾아 집으로 돌아갑니다. 상황을 알게 된 주인이 화가 나서 길길이 날뛰자 연치는 주인의 매질을 피해 집을 뛰쳐나옵니다. 이제 아무 데도 갈 곳이 없는 그는 일루시커에게 이별을 고하고, 마을을 떠납니다. 그가 정처 없이 걷다가 처음 도착한 숲속의 집은 도적 소굴이었고, 이곳에서 살아 나온 그는 마침내 헝가리 군인이 되어 멀고 먼 폴란드와 인도를 거쳐 프랑스까지 진격합니다. 그리고 튀르크군과 무시무시한 전투를 벌인 끝에 인질로 잡혀 있던 프랑스 공주를 구해낸 연치에게 프랑스 왕은 공주의 배필이 되어 왕좌에 앉으라고 제안합니다. 하지만 그는 그 제안을 거절하고 자신의 유일한 사랑, 일루시커를 만나기 위해 고향으로 출발합니다.

순풍에 돛 단 듯 순항하던 어느 날, 폭풍우가 덮치고 배가 난파합니다. 불행 중 다행으로 연치는 목숨을 건졌지만, 고향 마을에 간신히 도착한 그의 앞에는 일루시커가 세상을 떠났다는 절망적인 소식만이 기다리고 있습니다. 마지막 희망을 잃은 그는 다시 고향을 떠나 세상을 떠돕니다. 걷고 또 걷다가 거인 나라와 마녀 소굴을 지나고 큰 바다를 건너 요정 나라에 들어갑니다. 그리고 마침내 생명의 호수에서 사랑을 되찾습니다.

〈용사 야노시〉의 줄거리를 통해 이 서사시가 환상과 판타지, 동화와 신비의 모험으로 가득한 이야기 시(이야기로 전달하는 노래)임을 알아채셨을 겁니다. 마치 괴테의 걸작 〈파우스트〉에 마녀들의 축제인 발르푸기스의 밤이 묘사되는 것처럼 〈용사 야노시〉에는 마녀들의 동굴 모임이 나오며, 현실 세계에 존재하지 않는 거인과 요정이 등장하여 신비한 세상에서 환상적인 이야기를 전개합니다. 또한 주인공 연치는 〈파우스트〉에 나오는 대사처럼 "인간은 노력하는 한, 방황을 멈추지 않는다Es irrt der Mensch, solange er strebt"는 것을 보여줍니다. 연치는 삶을 이어가기 위해, 사랑하는 일루시커를 만나기 위해 걷고 또 걷고, 애쓰고 또 애씁니다. 그리고 온 세상을 헤매며 모든 고난과 모험을 이겨낸 끝에 마침내 일루시커를 만납니다. 작품의 마지막 장에서 절망에 빠져 있던 연치를 새로운 행복과 충일감으로 다시 살게 만드는 사람은 일루시커이며, 그녀가 연치에게 쏟은 진정한 사랑과 순수한 갈망이 그를 절망과 고통에서 구원합니다. 결말 부분 역시 저에게는 〈파우스트〉의 마지막 장면과 비슷하게 느껴집니다. 파우스트 박사가 메피스토펠레스와 내기를 하면서 절대 말하지 않으리라 생각했던 문장, "시간아 멈추어라Verweile doch!"
라고 외치는 순간, 메피스토펠레스는 파우스트의 영혼을 거두어가려 합니
다. 바로 이 순간, 그레첸의 순수한 사랑이 파우스트를 악마의 손아귀에서
구해냅니다. "영원히 여성적인 것이 우리를 인도한다Das ewig Weibliche zieht uns
hinan"라는 구절에서 확인할 수 있듯, 일루시커의 영원한 사랑이 야노시를 절
망에서 구원해냅니다. 이런 점에서 〈용사 야노시〉는 동화나 어린이를 위한
작품이라고 볼 수도 있지만 동시에 누구나 매력을 느낄 수 있는 헝가리의 고
전 서사시이자 걸출한 문학작품입니다. 중요한 점은 헝가리 사람이라면 누
구나 〈용사 야노시〉를 알고 있으며, 야노시의 모험과 행복 찾기를 통해 공동
의 꿈과 환상, 모험의 기본 개념을 가지고 있다는 사실입니다.

이렇게 헝가리에서 널리 알려진 〈용사 야노시〉는 연극, 뮤지컬, 애니메
이션 영화로 수용되어 지금도 활발하게 공연되고 있습니다. 제일 먼저 헬터
이 예뇌Heltai Jenő가 리브레토를, 커초 폰그라츠Kacsóh Pongrác가 곡을 써서 완
성한 뮤지컬이 큰 성공을 거두었습니다. 1916년 일레시 예뇌Illés Jenő가 영화
를 발표한 데 이어 데에시 얼프레드Deésy Alfréd가 1924년 메가폰을 잡은 영화
가 소개되었습니다. 15년 뒤인 1939년에는 거알 벨러Gaál Béla 감독이 만든 영
화가 관객들을 만납니다. 가장 최근에 발표된 작품 가운데 완성도와 예술성
의 가치를 크게 인정받고 있는 것은 1973년의 애니메이션입니다. 헝가리 애
니메이션의 대가 여노비치 머르첼Janovics Marcell 감독이 만든 이 영화는 헝가
리의 특징과 문화적 고유성을 바탕으로 독특한 아름다움을 구현해내고 있습
니다. 이 외에도 〈용사 야노시〉는 여러 극단에서 지금까지 사랑받는 레퍼토
리로 자리매김하고 있으며, 계속해서 다양한 해석과 변화를 시도하는 작업
이 이루어지고 있습니다.

〈용사 야노시〉로 시 창작의 기본을 익힌 페퇴피는 이후 사랑을 주제로
한 많은 서정시를 발표합니다. 정열 가득한 젊은 청년의 사랑이 아름답게 담
겨 있는 서정시 가운데 〈덤불이 떨리네, 왜냐하면…〉, 〈9월 말에〉와 같은 시
는 매우 뛰어난 작품입니다. 후기에 접어들면서, 그는 헝가리의 독립과 세계
모든 민족의 자유를 주제로 많은 시를 발표합니다. 헝가리는 16세기 튀르크
의 침공으로 약 150년간 고통스러운 시기를 보냈습니다. 마침내 1718년 헝

가리는 튀르크를 몰아내는 데 성공하지만, 오랜 시간에 걸쳐 합스부르크 제국에 의해 정치적 독립성을 박탈당해오다 결국 합스부르크의 지배에 놓입니다. 페퇴피가 살던 시대가 바로 합스부르크의 지배기로, 앞서 일어났던 독립전쟁이 실패로 끝나 점점 더 식민지배의 억압이 고조되고 있었습니다. 그는 자신의 정치적인 이념을 가장 쉽고도 간단하게 표현한 〈자유와 사랑〉에서 이렇게 속마음을 드러냅니다.

자유와 사랑!

자유와 사랑!
내게 꼭 필요한 두 가지.
사랑을 위해서라면
내 생명을 바치겠노라,
자유를 위해서라면
그 사랑조차 바치겠노라.

페퇴피는 사랑을 위해서라면 자기 목숨도 바칠 수 있는데, 그러한 지극한 사랑조차 자유를 위해서라면 기꺼이 바칠 수 있다고 밝힙니다. 그가 사랑한 것은 일차적으로 헝가리 민족과 헝가리라는 나라이지만, 더 확대해서는 세상에서 억압받는 모든 민족들이었습니다. 그러므로 세상 모든 민족의 자유를 위해서라면 자신의 모든 것—생명까지도 바치겠다는 의지가 시를 통해 분명하게 드러납니다.

1848년 유럽에서는 여러 민족의 독립 혁명이 일어났고, 헝가리에서도 3월 15일 시민혁명이 일어납니다. 조국의 자유와 독립을 위해 투신하려는 열망에 가득했던 그는 초조하게 혁명을 준비하고 기다립니다. 그의 혁명 투신에 대한 열망이 잘 드러난 시는 〈한 생각이 나를 괴롭히네…〉입니다. 그는 자신이 아무것도 하지 못한 채 그냥 죽게 될까봐 두려워하며 이렇게 말합니다.

한 생각이 나를 괴롭히네.

침대에서, 베개 베고 죽으리라는 생각!

숨어 있던 벌레가 이로 갉아

서서히 시드는, 꽃처럼,

빈 방에 버려진 채,

천천히 사그라지는 촛불처럼.

신이여, 이런 죽음을 맞지 않게 하소서,

제게 이런 죽음을 주지 마소서!

조국을 위해 자신의 생명을 바치고자 했던 열망대로 페퇴피는 시민혁명의 선두에 서서 역사적 사건에 함께합니다. 3월 15일 시민혁명이 발발하자 제일 먼저 요커이 모르Jókai Mór가 헝가리의 자주독립을 선언하며 12개의 요구 조항을 선포하고, 이어서 페퇴피가 〈민족의 노래〉를 큰 목소리로 외칩니다. 헝가리 사람들에게 "노예가 되려는가, 아니면 자유인이 되려는가?"라고 물으며, 자유인이 되기 위해 모두 힘을 합쳐 일어서야 한다고 주장합니다. 페퇴피가 앞의 4행을 외치면, 군중이 뒤의 4행을 힘껏 외치며 독립의 의지를 표명한 시의 1연의 내용은 이렇습니다.

일어나라 헝가리인이여, 조국이 부른다!

지금이 때이니, 지금 아니면 이런 기회 결코 없으리!

노예가 되려는가, 아니면 자유인이 되려는가?

이를 묻노니, 그대들 선택하라!

헝가리인의 하느님께

우리 맹세하네,

우리 맹세하네, 더 이상

노예가 되지 않겠노라고!

전 국민의 호응 아래 시민혁명이 성공한 듯했으나 같은 해 9월 합스부르크가 헝가리 땅으로 진격하면서 독립전쟁이 시작됩니다. 1848년 9월 11일 시작된 전쟁은 1849년 7월까지 약 10개월간 지속됩니다. 독립전쟁이 발발하자 페퇴피는 자원입대하여 종군기자처럼 전투 상황을 글로 알리기도 하고,

승리를 염원하는 작품을 발표하면서 작가로서 최선을 다합니다. 동시에 직접 전투에 참여하여 조국의 독립을 위해 분투합니다. 1849년 7월 31일 세게시바르Segesvár에서 벌어진 헝가리와 합스부르크-러시아 연합군과의 전투는 독립전쟁에서 가장 큰 전투로, 헝가리는 대패합니다. 이 전투에 참전한 페퇴피는 이후 자취를 감춥니다. 그가 직접 격전지로 갔다는 점, 이후 그를 목격한 사람이 없다는 점에서 그는 이 전투에서 전사한 것으로 여겨집니다.

26세의 짧은 생애를 불같이 꽃피운 천재 시인은 조국의 독립을 위해 헌신하고 자신의 생명을 바쳤습니다. 그래서 헝가리 사람들은 페퇴피를 위대한 시인이자 애국자로, 독립운동가로 높이 기리고 있습니다. 나라 곳곳에 세워져 있는 페퇴피의 동상 앞에는 늘 싱싱한 꽃과 화관이 놓여 있고, 매년 3월 15일에 열리는 독립전쟁 행사에서 사람들이 외치는 〈민족의 노래〉가 페퇴피에 대한 헝가리인의 사랑을 확인시켜줍니다.

이런 이유로 헝가리 시인 가운데 페퇴피 샨도르가 세계에 가장 많이 알려져 있습니다. 페퇴피의 탄생 200주년을 기념해 헝가리 페퇴피 문화재단Petőfi Kulturális Ügynökség이 지원해준 덕분에 드디어 한국어판《용사 야노시》가 세상에 나오게 되었습니다. 이 책에는 한국어와 헝가리어가 나란히 병기되어 있으며, 내용을 아름답게 보여주는 헝가리 아티스트 처코 페렌츠Cakó Ferenc의 샌드 아트가 들어가 있습니다. 샌드 아트로 표현된 멋진 장면이 여러분의 상상과 이해에 도움이 되리라 생각합니다.《용사 야노시》를 읽으며 헝가리의 멋진 이야기와 모험 속으로 들어가 여러분 모두가 연치처럼 주인공이 되어 신나는 모험과 환상을 즐기는 멋진 시간을 보내시길 바랍니다.

지은이..페퇴피 샨도르 Petőfi Sándor

1823년 1월 1일 헝가리 키슈쾨뢰시에서 태어났다. 좋은 기숙학교에서 교육을 받다 가세가 기울면서 16세 때 학업을 중단한다. 이후 국립극장의 단역 배우가 되었다가 군대에 자원입대하지만 건강 문제로 군생활을 마친다.

1844년 첫 시집을 발표했는데, 자유를 추구하는 소박한 정열이 담긴 그의 시는 당시 헝가리 사회에 팽배했던 민족주의와 결합하면서 페퇴피는 짧은 시일에 큰 인기를 얻었다. 합스부르크 제국의 억압적인 지배에 맞선 헝가리 독립전쟁을 열성적으로 지지했던 페퇴피는 세게시바르 전투에 참가한 이후 모습을 감춰 이 전투에서 전사한 것으로 여겨진다.

이처럼 페퇴피는 열정적인 투사이기도 했으나 "자유와 사랑의 시인"을 자처했듯이 소박하고 순수한 서정을 추구한 연애시 또한 많이 발표했다. 시집《에테루케 묘의 측백나무》《사랑의 진주》등은 감미로운 초기의 시풍을 대표하는데, 그중에서도 아내 센드레이 율리아에게 바친 일련의 연애시가 특히 뛰어나고 아름답다. 또한 자신의 죽음을 예감하면서 쓴 〈9월 말에〉는 헝가리 시의 절창으로 평가된다. 대표작으로 〈용사 야노시〉와 소설《교수 집행인의 밧줄》등이 있다.

그린이..처코 페렌츠 Cakó Ferenc

1950년 11월 18일 헝가리 부다페스트에서 태어났고, 헝가리 예술대학 응용 그래픽학과를 졸업했다. 부다페스트의 파노니아 영화사에서 20년 동안 애니메이션 영화감독이자 디자이너로 근무했다. 작업 초기에는 인형과 클레이 애니메이션을 감독했는데, 그의 유명한 클레이 애니메이션 영화로 〈제노와 세바이 토비아스〉가 있다.

그의 이름을 널리 알린 첫 번째 작품은 칸 영화제에서 황금종려상을, 안시 국제 애니메이션 영화제에서 크리스털상을 수상한 샌드 아트 영화 〈태초로부터〉이다. 1995년에는 샌드 애니메이션 영화 〈하무〉로 베를린 영화제에서 황금곰상을 수상했다. 약 30편의 단편영화를 제작했으며, 많은 작품이 여러 영화제에서 최고상을 수상했다.

페퇴피 샨도르 탄생 200주년을 기념하여 〈용사 야노시〉를 샌드 아트로 구현했다.

옮긴이..한경민

한국외국어대학교 헝가리어과 교수로 재직 중이다. 지은 책으로《헝가리 문학사》, 옮긴 책으로《모든 비밀의 시》《팔 거리의 아이들》《사랑, 특별한 선물》《좌절》《내가 아빠고 아빠가 나라면》《잠자리 섬의 꼬마 염소》등이 있다. 페퇴피 샨도르의 시선집《민족의 노래》를 엮었다. 페퇴피에 대한 연구 논문으로 〈헝가리 독립전쟁과 페퇴피 샨도르〉〈페퇴피 샨도르의 민요시 연구〉〈헝가리 대평원의 긍정적 이미지 – 페퇴피 샨도르의 지역문학 작품 중심으로〉가 있다.

Petőfi Sándor
János Vitéz

200